O Sedutor do Sertão

ARIANO SUASSUNA

O Sedutor do Sertão

ou

O Grande Golpe da Mulher e da Malvada

Fixação de texto e apresentação
Carlos Newton Júnior

Ilustrações
Manuel Dantas Suassuna

NOVA FRONTEIRA

Editora Nova Fronteira Participações S.A.
Rua Candelária, 60 — 7º andar — Centro — 20091-020
Rio de Janeiro — RJ — Brasil
Tel.: (21) 3882-8200

Imagens de capa: Ariano Suassuna e Manuel Dantas Suassuna
Impresso nas oficinas gráficas da Editora Vozes, Ltda.

CIP-BRASIL. CATALOGAÇÃO NA PUBLICAÇÃO
SINDICATO NACIONAL DOS EDITORES DE LIVROS, RJ

S933s

Suassuna, Ariano, 1927-2014
O sedutor do sertão ou o grande golpe da mulher e da malvada / Ariano Suassuna; ilustrações Manuel Dantas Suassuna; fixação de texto e apresentação Carlos Newton Júnior. - 1. ed. - Rio de Janeiro: Nova Fronteira, 2020.
248 p.: il.; 23 cm.

ISBN: 9788520944776

1. Ficção brasileira. I. Suassuna, Manuel Dantas. II. Newton Júnior, Carlos. III. Título.

19-61945 CDD: 869.3
CDU: 82-3(81)

Vanessa Mafra Xavier Salgado - Bibliotecária - CRB-7/6644
12/12/2019 17/12/2019

À memória de Euclydes da Cunha, que escreveu a mais decisiva de todas as obras para a revelação do Brasil a si mesmo.

A.S.

Romance Heroico e Picaresco

Carlos Newton Júnior

Em meados de 1960, inteiramente envolvido no processo de criação do *Romance d'A Pedra do Reino* (iniciado em 1958 e concluído em 1970), Ariano Suassuna foi convidado a pensar uma história para ser levada às telas do cinema. Foi assim que escreveu, em menos de um mês, de 7 a 30 de março de 1966, *O Sedutor do Sertão ou O Grande Golpe da Mulher e da Malvada*. Para tanto, lançou mão de personagens, episódios e cenas já esboçados e até mesmo definidos para a trilogia *Quaderna, o Decifrador*, da qual *A Pedra do Reino* seria o primeiro volume. O filme terminou não se realizando e a trilogia ficou inacabada, transformando-se *A Pedra do Reino*, com o tempo, numa introdução ao *Romance de Dom Pantero no Palco dos Pecadores* (2017), de modo que *O Sedutor do Sertão* foi parar na gaveta dos textos inéditos, sendo agora publicado pela primeira vez, mais de meio século depois.

Muito embora as quatro primeiras páginas do datiloscrito original contenham informações típicas de um roteiro de cinema, especificando, entre outras coisas, os letreiros de abertura, com o título do filme sobre uma bandeira e os créditos sobre mantos usados nas costas por cavaleiros, a história não foi escrita na forma de roteiro, mas de modo a ser facilmente roteirizada — trabalho que ficaria a cargo, muito provavelmente, do diretor e roteirista Luís Paulino dos Santos[1].

---

1 Em depoimento de 1979, publicado pelo pesquisador José Marinho, outro diretor de cinema, Linduarte Noronha, afirmou possuir um roteiro "baseado no argumento de Ariano Suassuna chamado *O Sedutor do Sertão*, feito em 1969", e que o filme não foi levado à frente por falta de verba para a produção. In: MARINHO, José. *Dos Homens e das Pedras: O Ciclo do Cinema Documentário Paraibano (1959-1979)*. Niterói: Editora da Universidade Federal Fluminense, 1998, p. 80.

Se usássemos o confortável critério estético que diferencia um romance de uma novela pelo predomínio do elemento psicológico sobre a ação, no primeiro caso, e o inverso, no segundo, *O Sedutor do Sertão* seria antes uma novela do que um romance. Ora, a intenção de se fazer um filme tinha necessariamente que levar o texto para os caminhos da ação (e o cinema sempre foi considerado, por Suassuna, uma arte épica por natureza). Assim, o narrador onisciente de *O Sedutor do Sertão* limita-se, quase sempre, à descrição das cenas, por sua vez enriquecidas pela extensão bem maior dos diálogos, praticamente sem se ater a incursões introspectivas pela psicologia dos personagens — somente revelada, no caso, através de ações, acontecimentos e incidentes.

Ocorre que para nos referirmos à obra de Suassuna, no campo da prosa de ficção, o termo "romance" parece-nos mais adequado, pelas muitas e autodeclaradas influências que o autor recebeu do Romanceiro Popular Nordestino e sobretudo da literatura de cordel, cujas histórias em versos são chamadas de "romances", com seus vários ciclos temáticos (ciclo heroico; ciclo cômico, satírico e picaresco; ciclo religioso e de moralidades etc.) e seus títulos muitas vezes extensos e duplos, na forma de "isto ou aquilo" — como ocorre, aliás, com o próprio título de *O Sedutor do Sertão*.

Nesse sentido, *O Sedutor do Sertão* se nos apresenta, ao mesmo tempo, como um romance heroico e picaresco; um romance épico e cavalariano, mas também humorístico, em que se fundem, no mesmo protagonista, as características tradicionalmente atribuídas ao "herói" — beleza física, força, coragem, destreza com as armas, capacidade de liderança etc. — àquelas típicas de um "anti-herói", de um "amarelinho" ou de um "quengo" — a exemplo da astúcia, do individualismo e da falta de caráter. Curiosamente, porém, as "más qualidades" — assim como ocorre nos romances do ciclo picaresco, de um modo geral — não arrefecem a nossa simpatia pelo protagonista, sobretudo porque a que mais se evidencia dentre elas, a astúcia (a capacidade de enganar os outros e de levar proveito em tudo), além de se encontrar na medula da maior parte das situações risíveis, é usada quase sempre como defesa diante da opressão das autoridades constituídas ou contrapeso na relação com personagens tão ou mais viciosos do que ele.

E quem é o protagonista de *O Sedutor do Sertão*? Ninguém mais, ninguém menos, do que Malaquias Pavão, que reaparecerá em *A Pedra do Reino* com o seu nome completo, Malaquias Nicolau Pavão Quaderna, um dos irmãos bastardos do narrador Pedro Dinis Quaderna. Os leitores de *A Pedra do Reino* certamente se lembrarão do simpático Malaquias, o exímio caçador que, com a sua inseparável espingarda "Doze", tanta inveja despertou nos rapazes da família Pereira, no célebre episódio das três "Caçadas Aventurosas". Como afirma Quaderna, se eram muitos os seus irmãos bastardos (não foi à toa que seu pai, Pedro Justino, recebeu o apelido de "O Pai d'Égua do Cariri"), Malaquias, "aguardenteiro, conquistador, folheteiro e cambiteiro", era "o predileto entre os meus prediletos"[2].

Motivos não faltavam para tal predileção, como confessa o próprio Quaderna, explicando por que convidara Malaquias a acompanhá-lo na expedição que fez às Pedras do Reino:

> "A presença de Malaquias era-me indispensável porque ele, ao contrário do que acontece comigo, é corajoso, bom Cavaleiro, bom atirador e bom caçador. Os Quadernas são altos, mas Malaquias é o mais alto, robusto e bem proporcionado de todos. Creio que, em todo o Cariri, só havia dois homens capazes de derrotar Malaquias numa luta corpo a corpo. O primeiro, era Marino Quelê Pimenta, pela descomunal força física. O outro, era meu primo Arésio Garcia-Barretto, filho mais velho de meu Padrinho: não porque fosse muito mais forte, mas porque,

---

2 SUASSUNA, Ariano. *Romance d'A Pedra do Reino e o Príncipe do Sangue do Vai-e-Volta*. 16 ed. Rio de Janeiro: Nova Fronteira, 2017, p. 403.

na luta, Malaquias combateria pela alegria do combate, enquanto Arésio, moreno e cerrado, depois de receber os primeiros golpes, não poderia impedir que irrompesse de dentro dele aquela violência obscura e cega que morava nos recessos de seu sangue e que foi a causa de tantos infortúnios para nós e para ele mesmo. Meu irmão Malaquias, porém, era um desses homens que, sem esforço nenhum, atraem risonhamente as mulheres, coisa que sempre me causou a maior inveja. Muitas vezes eu passara pela decepção de levar meses e meses fazendo prodígios de habilidade para atrair a atenção de uma mulher, isto para ver Malaquias, de volta de uma das suas viagens de cambiteiro, conseguir, sem levantar um dedo e no mesmo instante, aquilo que eu tentara em vão, à força de mérito e por tanto tempo."[3]

A história de *O Sedutor do Sertão* se passa em 1930, na Paraíba, durante a chamada "Guerra de Princesa", quando os Sertanejos, sob a liderança do Coronel José Pereira Lima, líder político do município de Princesa (atualmente Princesa Isabel), se insurgiram contra o governo de João Pessoa. O episódio é recorrente na prosa de Suassuna, e foi tema, também, de uma de suas peças de teatro, a tragédia *O Desertor de Princesa* (1958).

Já a narrativa de Quaderna, informando-nos sobre fatos ocorridos em 1938, deixa-nos cientes de que Malaquias, após casar-se com Silviana, a paixão de sua vida, abandonou a vida errante de contrabandista de aguardente e vendedor de garrafadas e folhetos, que levava no tempo de solteiro, e voltou a residir em Taperoá, cidade onde nasceu. Quanto a seu cavalo, o famoso "Ás de Ouro", explica-nos que o animal "substituíra o legendário e seu quase homônimo 'Rei de Ouro', perdido por Malaquias Quaderna na célebre aventura guerreira e cavalariana da 'Guerra do Verde', acontecida em 1932."[4]

---

3 SUASSUNA, Ariano. Op. cit., p. 125.

4 SUASSUNA, Ariano. Op. cit., p. 294.

É em outro contexto que Malaquias perde o "Rei de Ouro", como se verá na leitura de *O Sedutor do Sertão*. Suassuna provavelmente adequaria melhor a história à narrativa de Quaderna, em momento oportuno. Mas poderia também, se quisesse, deixá-la tal qual o leitor a encontra em *O Sedutor*, passando o episódio da perda do "Rei de Ouro", assim, a constituir mais uma contradição ou mais um anacronismo do complexo narrador de *A Pedra do Reino*, que aliás reconhece, a certa altura do segundo depoimento prestado ao terrível juiz Joaquim Cabeça-de-Porco: "[...] minha Epopeia é rigorosamente histórica, podendo, no máximo, haver nela uns dez ou doze anacronismos, porque aqui, na Cadeia, não posso consultar a cada instante meu arquivo particular de Historiador!"[5]

Além de Malaquias, a narrativa de *O Sedutor do Sertão* introduz no universo ficcional de Suassuna outros personagens de grande importância em *A Pedra do Reino*, a exemplo de Luís do Triângulo — aquele chefe que, incógnito, comandava as tropas do Rapaz-do-Cavalo-Branco, em sua chegada a Taperoá — e do próprio Pedro Dinis Quaderna. Em duas oportunidades, Malaquias menciona o nome de um certo "Dinis Quaderna", de Taperoá. Numa delas, é impossível não reconhecer, na descrição de Malaquias, o protagonista-narrador de *A Pedra do Reino*:

> "Ele foi fiscal e cobrador de impostos, e agora é Diretor da Biblioteca. Mas continua com a mesma força junto dos fiscais. É um homem generoso e compreensivo. Quando era fiscal, deixava a gente passar com a cachaça à vontade, em troca de uma contribuição para o cofre dele. E como tinha bom coração, às vezes não precisava nem a gente dar dinheiro: ele aceitava garrafas de vinho tinto e branco do Rio

5 SUASSUNA, Ariano. *O Rei Degolado*: As Infâncias de Quaderna. Folheto XXXVII, "O Canto e a Coroa da Raça", publicado no *Diário de Pernambuco*, Recife, 25 de julho de 1976.

Grande. Tirava os rótulos, botava outros com uma onça e vendia com o nome de Vinho da Malhada, cobrando o duplo do preço."

Ora, em meio ao processo de escrita do *Romance d'A Pedra do Reino*, como já foi dito, seria muito difícil a Suassuna impedir que a voz do narrador onisciente de *O Sedutor do Sertão* não fosse contaminada pelo forte e personalíssimo timbre da voz de Quaderna, cujo "estilo régio" encontrava-se em pleno desenvolvimento. Aqui e ali, portanto, o narrador das aventuras de Malaquias Pavão termina dirigindo-se aos leitores de modo visivelmente *quadernesco*, tratando-os ora por "bons e ricos senhores e belas senhoras", ora por "nobres senhores e belas senhoras", ora por "senhores excelentes e belas senhoras dos braços brancos como os de Dona Silviana".

Há que se notar, ainda, o quanto Malaquias lembra seu meio-irmão Quaderna nas suas manias monárquicas e cavalarianas, nas suas "armadas", no seu gosto por chapéus e mantos — e que, no caso de Malaquias, como bom sedutor, eram mais artifícios para impressionar as moças do que para afirmar uma pretensa estirpe real. Em certo momento, no meio de um tiroteio, quando Malaquias se dirige a seu estribeiro, ambos protegendo-se das balas deitados por trás de umas pedras, parece até que estamos ouvindo a voz de Quaderna falando através da sua boca:

> "— Cala a boca, Miguel Biôco! Que besteira essa sua! Isso aqui está tudo reminado, começou a tal da Revolução. Numa Revolução é assim que a gente morre, indo comprar carne, vendendo cachaça, comprando penico... É tudo feio e desorganizado. Eu sei disso, mas gosto de inventar essas coisas bonitas, dizer que estou me arriscando por minha honra e minha Pátria. É preciso dizer umas coisas assim para ajudar a coragem da gente e a boniteza do mundo. Porque se a gente não mentir um pouco, essa vida fica uma merda danada!"

A ideia inicial da história de *O Sedutor do Sertão* foi extraída de uma passagem de *Os Sertões*, de Euclydes da Cunha, a quem o romance é dedicado. *O Sedutor do Sertão*, vale lembrar, foi escrito no ano do centenário de nascimento de Euclydes, uma das maiores influências literárias — se não a maior — que Suassuna recebeu.

Conta-nos Euclydes, a certa altura de *Os Sertões*, que a aguardente não só era proibida em Canudos, como bebê-la era considerado um "delito sério"; e como alguns tropeiros do Juazeiro, sem saberem da proibição e julgando que obteriam lucro fácil levando uma partida de cachaça até o arraial, foram recebidos pela gente de Antônio Conselheiro:

> "Ao chegarem, porém, tiveram, depois de descarregarem na praça a carga valiosa, desagradável surpresa. Viram, ali mesmo, abertos os barris, a machado, e inutilizado o contrabando sacrílego. E volveram rápidos, desapontados, tendo às mãos, ao invés do ganho apetecido, o ardor de muitas dúzias de palmatoadas, amargos bolos com que os presenteara aquela gente ingrata."[6]

Coisa muito pior poderia ter acontecido com Malaquias Pavão e seus companheiros de viagem no arraial de Dom Pedro Miguel Depois, não fosse a astúcia de Malaquias e certos acasos ocorridos ao longo da história e que se mostraram decisivos para evitar o seu desfecho trágico. Suassuna faz do episódio transcorrido no reino do Profeta Miguel uma grande inversão bergsoniana em relação a Malaquias, que vê frustrado, assim, o grande golpe da sua vida, pelo menos no que concerne à parte da "malvada". Impossível não se lembrar de João Grilo e da perda do dinheiro do testamento do cachorro, motivada pela promessa "desgraçada" e "sem jeito" feita por Chicó. E se o

---

6 CUNHA, Euclides da. *Os Sertões*. In: *Obra Completa*. Org. Paulo Roberto Pereira. Rio de Janeiro: Nova Aguilar, 2009, Volume II, p. 153.

protagonista de *O Sedutor do Sertão* não chega a enganar o demônio, engana pelo menos um fiscal de feira, reconhecendo que para um sertanejo "de raça", como ele, "um fiscal é mesmo que o Satanás".

Malaquias, porém, não é apenas um pícaro, como o personagem do *Auto da Compadecida*; pulsa nas suas veias, como já foi dito, aquela parcela de sangue do herói tradicional, e é talvez por causa dela que ele se vê recompensado pelo sucesso que o grande golpe lhe reserva na parte da mulher. A conquista da bela Silviana, "a dos braços brancos", é de fato o maior prêmio que poderia receber, após tantos sacrifícios realizados em prol de sua amada.

Exímio conhecedor das ferramentas com que se moldam as situações risíveis, largamente utilizadas no seu teatro, Suassuna consegue escrever, com *O Sedutor do Sertão*, um romance em que o riso corre solto, da primeira à última página. Leitor algum — maduro ou iniciante — passará incólume pelas hilariantes cenas aqui descritas, e muitos certamente encontrarão, nelas, aquela marca atemporal que faz do riso uma espécie de defesa contra o amargor da vida e os descaminhos a que fatalmente nos leva toda e qualquer forma de radicalismo político.

Recife, 4 de setembro de 2019.

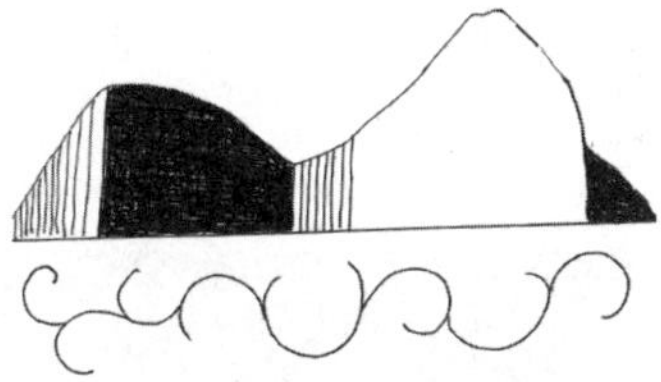

Brejo e Sertão da Paraíba, 1930. O Governo do Presidente João Pessoa quis quebrar o poder dos Sertanejos, que, arregimentados em torno do Coronel José Pereira, cabra macho para enganchar, se entrincheiraram na gloriosa Vila da Princesa Isabel, cuja independência proclamaram. O Governo disse que ia tomar Princesa dentro de 48 horas. A Polícia marchou para lá e foi cercada em Tavares, um lugar que existe perto de Princesa. Passou março, passou abril, passou maio, passou junho, passou julho, passou agosto e nada. O pessoal, depois, com a Revolução de 30 vitoriosa, criou uma "versão oficial" diferente. Mas a verdade mesmo foi que, em Princesa, o Governo apanhou dos Sertanejos que só galinha pra largar o choco. É nesse tempo tumultuado da história da Paraíba que se passa a história do Sedutor do Sertão, entre Alagoa Grande — uma cidade do Brejo paraibano — e o velho Sertão, heroico e rebelado.

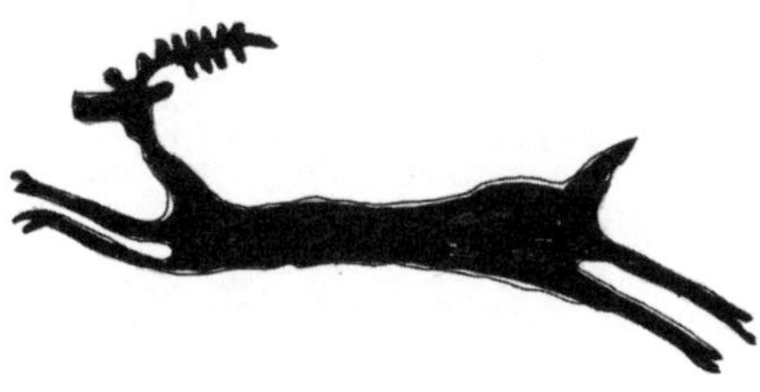

Alagoa Grande
Teixeira
Estaca Zero
Soledade
Campina Grande
Juazeirinho
Itabaiana
Tavares
Taperoá
Princesa

No dia 28 de fevereiro de 1930, um homem montado num belo cavalo melado, das crinas cor de ouro, aproximava-se de um lugarejo que fica perto de Alagoa Grande. Era ele o célebre Malaquias Pavão, fidalgo das hierarquias populares, cavaleiro sertanejo que morava no Brejo e fazia de Alagoa Grande a sede de suas atividades, quase todas aventurosas e ilegais. Era um dia de sábado, e havia feira no Gurinhém. Era de manhã cedo e os primeiros feireiros estavam reunindo suas coisas e espalhando-as pelo chão, a fim de começar os negócios do dia, quando Malaquias, causando certa sensação por seu porte de cavaleiro, suas botas vermelhas, sua calça cáqui e sua camisa "gandola", mas sobretudo pelo chapéu de couro de longas tiras pendentes e pelo seu cavalo, o célebre "Rei de Ouro", entrou de Gurinhém adentro.

Ia somente comprar uma cilha nova para substituir uma que se partira na viagem que vinha terminando de fazer — pois estava de volta do Sertão —, mas aquela ida ao Gurinhém iria ter um papel importante nos acontecimentos que se seguiram.

De fato, Malaquias mal chegou numa barraca onde se vendiam apetrechos de couro, e comprou a cilha, teve sua atenção despertada por um incidente que começou ali bem perto. Junto à barraca dos couros, uma mulher vendia retalhos de pano, camisas, calças etc. Poucos momentos antes de Malaquias começar a examinar as cilhas, dois homens tinham aparecido, cada um por um lado, naquela espécie de rua formada pelas barracas. Quando os dois se viram, pararam e ficaram se olhando de través. Depois, como por acaso, examinando as coisas das barracas, tinham ido se aproximando da mulher que vendia os panos. Quando chegaram mais ou menos perto, pararam e se olharam, indecisos. De repente, um deles, tomando uma decisão, chegou para perto da mulher e disse em voz clara e alta:

— Dona, me venda aqui esse retalho de pano verde.

Ao ouvir isso, o outro marchou para o mesmo lugar e disse em voz também clara e audível por todos:

— A senhora tem um pano encarnado para me vender?

Imediatamente o ambiente ficou eletrizado. Todo mundo que estava por perto parou de conversar e discutir e começou a olhar a cena que se desenrolava.

— O senhor está dizendo isso para me desafiar? — perguntou o que pedira o pano verde.

— Que direito tem o senhor de se meter na minha vida? Então eu não posso comprar meu pano da cor que bem entender?

— Pode, cavalheiro! Mas, cavalheiro, cada um com seu gosto, e tem gente com bom gosto e gente com mau gosto, cavalheiro!

— O senhor está me chamando de cavalheiro é para me desmoralizar, é?

— Não, cavalheiro, mas quero explicar que existem cores que desmoralizam quem usa, cavalheiro!

— Isso é com o encarnado?

— Não, não tenho nada contra o encarnado, sou até do cordão encarnado nas cavalhadas. Agora, tem certa gente que usa encarnado, e fede!

— Isso é com a Aliança Liberal e o Doutor João Pessoa?

— Por que você pergunta, cavalheiro?

— Cavalheiro! Vê-se bem que o senhor, usando verde, está do lado do Coronel José Pereira, aquele cangaceiro.

— E vê-se bem que o cavalheiro, usando encarnado, tem medo da Polícia e é puxa-saco do Governo! O cavalheiro, por acaso, é filho natural do Doutor João Pessoa?

— Cabra safado, essa você me paga!

— Quem me paga é você, cachorro!

Os dois se agarraram na tapa. De repente, um puxou a faca.

— De faca não, meu povo!

— Separa! Dá nele!

— Pega o perrepista safado! Pega o perré!

— Lasca o puxa-saco do Governo!

— Lá vem a Polícia! Viva o Doutor João Pessoa!

A Polícia partiu para o barulho. A situação do homem que pedira o retalho de pano verde estava ruim. Mas um homem que estava num café bebericando, de lenço verde ao pescoço, gritou para sua turma:

— Pessoal, a Polícia quer acabar com um perré ali! Vamos! Viva o Coronel José Pereira! Viva o Coronel Cunha Lima!

A pancadaria foi a maior do mundo. Malaquias Pavão, sustentando o "Rei de Ouro" pela rédea, abaixava-se pelo assovio das balas, procurando salvar-se e salvar seu cavalo, amparando-se pelo oitão da barraca. Quando a correria acabou, com os poucos soldados correndo diante da multidão favorável ao Coronel Cunha

Lima, só restavam no lugar Malaquias Pavão e a mulher dos panos, que, impassível, não se mexera. Durante o tiroteio ficara ali, e a cada bala que assoviava perto dela, só fazia virar a cara para um lado e arregaçar os beiços juntos para o mesmo lado, entortando-os e dando muxoxos. Malaquias aproximou-se dela, pensativo:

— Que barulho danado por causa dos seus panos, dona!

— E agora não é assim? Os liberais, de encarnado, os perrepistas de verde... Isso está para pegar fogo!

Pegando nuns mantos azuis e vermelhos que estavam sobre a lona, separados em dois montões, disse Malaquias:

— E isso, dona, o que é?

— Iam fazer uma cavalhada hoje, e eu trouxe esses mantos e essas lanças para vender. Eu fiz os mantos, meu velho fez as lanças. É para o cordão azul e para o encarnado. Mas, com essa política, não vai haver mais a cavalhada, porque vira briga por causa do cordão encarnado.

— A senhora pode me ceder então dois mantos e duas lanças?

— Posso. Para mim é até melhor porque me diminui o prejuízo. Quer do azul ou do encarnado?

— Do azul.

— Pois leve.

Malaquias colocou um dos mantos no pescoço — para o que prendeu-o com um colchete ou grampo que já estava ali colocado para isso —, colocou o outro no bolso da carona, junto com a cilha que comprara, amarrou uma das lanças ao arção da sela, e, empunhando a outra, montou no "Rei de Ouro" e saiu do Gurinhém, tomando a estrada de Alagoa Grande. Ao chegar, porém, a um lugar em que havia uma vereda, tomou por ela, até chegar a um lugar do mato onde seu estribeiro Miguel Biôco o esperava, com uma tropa de burros.

— Que é isso, Seu Malaquias? Vai tomar parte em alguma cavalhada?

— Não, Miguel, isso é para escapar da política. Esse negócio vai pegar fogo. Houve o maior tiroteio agora, no Gurinhém, os perrepistas de verde, os liberais de encarnado. A gente tem que voltar ao Sertão amanhã cedo. Para passarmos pela Polícia e pelos cabras do Coronel José Pereira, vamos vestidos assim. Tome, trouxe um manto e uma lança para você também.

— Se a briga é do verde com o encarnado, que é que vem o azul fazer nesse meio?

— O azul tem a vantagem de mostrar a todo mundo que a gente é neutro. Não é nem o verde do Coronel José Pereira, nem o encarnado do Doutor João Pessoa. Assim, quem encontrar a gente na estrada, vê logo que a gente não tem nada com a política.

— Se o povo está exaltado como o senhor diz, ninguém vai querer que a gente seja neutro.

— Por isso mesmo é que vamos usar os mantos. Você não está vendo que, para a neutralidade, bastava a gente andar como sempre andou?

— Mas o senhor escolheu um azul meio esverdeado!

— É preciso contrabalançar nossas botas vermelhas. Esse azul vai servir de azul mesmo para a Polícia e de verde para os cabras de Princesa.

* * *

Enquanto Malaquias Pavão enfrentava sua aventura no Gurinhém, seu rival Sinfrônio Perigo, o Cavalariano, ultimava uma compra de cavalo em Santa Rita. Os homens que lhe vendiam o cavalo mostravam, à primeira vista, e também pelas roupas, que eram pessoas ligadas a corridas, prados e apostas. Um deles vestia terno de xadrez, botinas amarelas e chapéu de palhinha. O outro tinha boné e capa brancos e sapatos de tênis. Sinfrônio deu uma última esquipada no cavalo, riscou-o junto aos dois, saltou e disse:

— Compro o cavalo. Mas não pensem que estou comprando enganado, não. Esse cavalo é da mesma cor de "Siricoia", mas não é "Siricoia" de jeito nenhum. E outra coisa: ele esquipa, mas não tem a pisada do meio.

— O senhor está enganado — disse o homem do boné branco.

— Estou não, freguês. Mas como preciso do cavalo para umas certas transações, fico com ele.

E pagando ao homem, montou no cavalo e saiu.

* * *

No primeiro lugarejo que encontrou, Sinfrônio procurou a melhor casa do lugar e daí a pouco saía para um curral próximo, onde havia um cavalo. Vinha acompanhado de um fazendeiro, com botas de cano alto e rebenque na mão. Olhou o cavalo dele, montou-o e disse:

— É um bom cavalo. Mas agora veja meu "Siricoia".

Montou e deu uma chispada no falso "Siricoia", esquipando.

— Isso é que é um cavalo madeira! — gritou o fazendeiro entusiasmado.

— Vamos dar uma trocada? — disse Sinfrônio.

— Pau a pau?

— Não, o senhor me volta trezentos mil réis.

— Volto duzentos.

— Duzentos e cinquenta.

— Duzentos, e assim mesmo, só dou porque quero ter o orgulho de ser dono do "Siricoia".

— Está bem, fique.

Trocaram as selas e Sinfrônio dirigiu-se para um seleiro, onde, com uma parte do dinheiro que tinha recebido da volta, e dando sua sela e seus arreios, comprou uma sela lindíssima e uns arreios enfeitados de moedas, que botou no cavalo do fazendeiro. Antes, porém, de colocá-los, ripou o animal bem ripadinho e escovou-lhe o pelo. No momento em que ia colocar a sela, o fazendeiro chegou, no "Siricoia":

— Ei, moço!

— Que é, Seu Coronel? — interrogou Sinfrônio.

— O cavalo só tem esquipação.

— E o senhor acha pouco? Esquipação é o passo mais difícil do cavalo.

— Mas ele não tem pisada do meio, não serve para viagem.

— E eu disse ao senhor que ele tinha?

— Bem, se é assim, a troca não me serve.

— O senhor manda, Seu Coronel. Seu cavalo está aí.

— E a volta?

— A volta é que eu não posso mais devolver, porque comprei essa sela com ela.

— Desfaça o negócio.

— Não senhor, é contra minha honra de cavalariano. Eu vivo disso, e, além do mais, tomei paixão pela sela e pelos arreios.

— O senhor tem sangue de cigano?

— Não senhor, mas não desfaço negócio.

— E não desfez a troca do "Siricoia"?

— Quem desfez foi o senhor, eu não. Mas o senhor lucrou a ripada e a escovada que dei no seu cavalo, veja como ele está bonito!

E montando no "Siricoia", Sinfrônio esporou-o e saiu.

O coronel, meio sarapantado com o que acontecera, comentou para o seleiro:

— Lucrei o corte das crinas... Essa é boa!

— Quanto foi a volta, Seu Coronel?

— Duzentos mil réis.

— Pois como barbeiro de cavalo, esse foi o mais caro que eu já vi.

A feira em Alagoa Grande estava animada. Esperava-se a vinda, tida como certa à feira daquele dia, das duas maiores figuras daquele meio, coisa que não acontecia há quase um mês, porque ambos tinham estado ausentes em negócios e aventuras pelo Brejo e pelo Sertão. O primeiro era exatamente o nosso Malaquias Pavão, raizeiro, vendedor de folhetos, de raízes, xaropes e garrafadas — coisa que fazia às claras porque eram atividades que não pagavam imposto —; e aguardenteiro, contrabandista, cambiteiro, vendedor de cachaça sem selo — o que fazia escondido, segundo dizia, "para não entrar em choque com as autoridades constituídas". O outro era o cavalariano Sinfrônio Perigo, tipo magro, alto, de cabelos negros e lisos que de vez em quando deixavam escorrer, sob o chapelão, duas mechas negras e compridas que lhe punham a cara entre parênteses. Era um tipo aciganado, que usava roupa cáqui, de paletó cintado, botas e aquele chapéu de abas largas que, no Nordeste, é característico dos jogadores, marchantes e cavalarianos.

Sinfrônio Perigo era casado com a mulher mais bela daqueles arredores, a branca Silviana dos braços brancos, de olhos verdes e lindos cabelos castanhos, lisos e finos, que lhe vinham até os ombros. Era bonita como uma garça e doce como o cheiro da cana e do mel dos engenhos de Alagoa Grande, motivo pelo qual exercia uma fatal atração ao sangue de Malaquias Pavão, esquentado pelo Sol do Sertão e grande apreciador das mulheres do Brejo, segundo ele muito mais gentis, muito mais ternas, muito mais mulheres do que aquelas suas ásperas conterrâneas criadas entre as pedras e sob o Sol das Espinharas, mulheres de pedra com gênio de cobra.

A feira já tinha começado, mas até aquele momento os dois ainda não tinham aparecido. Malaquias, já sabemos por quê. Quanto a Sinfrônio, apesar de ter chegado há dois dias do Sabugi, onde fora especialmente comprar um célebre cavalo, "Siricoia" de nome, tinha tido encomendas de animais para os engenhos, e antes de vir para casa fora dar conta de seus recados. Também Miguel Biôco, grande admirador de Malaquias e seu secretário nas suas andanças secretas e aventurosas pelo Sertão, já vimos onde estava. Mas se o secretário de Malaquias estava ausente, o de Sinfrônio, Pedro Cigano, comparecera já à feira, a mandado do patrão. Num pequeno cercado, com todas as características das coisas desmontáveis e provisórias, tomava conta de um lote de burros e cavalos que Sinfrônio trouxera para negociar. Perto, viam-se selas, estribos, mantas, caronas, loros e rabicholas por ele guardados. Cego de um olho, Pedro Cigano estava ocupado num trabalho importantíssimo, decorando um cipó de marmeleiro com entalhes circulares feitos com faca de ponta.

Pelas nove horas, Silviana, a Branca, fez sua entrada triunfal na feira. Linda, com um vestido branco radioso, os longos cabelos castanhos e estirados soltos até os ombros, tinha colocado um chapéu de palha, por causa do sol e para deslumbrar os feireiros, que embasbacavam à sua passagem de Rainha. Sim, porque a ela não faltava nem uma dama de companhia. Sinfrônio, o Cavalariano, com seu sangue aciganado, tinha um pouco de mania de grandeza, e entendendo que aquilo criava consideração em torno de sua mulher e dele, arranjara para ela uma dama de companhia, Maria Cascalha, mulher já não muito nova, de rosto severo mas imponente, um pouco soturna e misteriosa. Infundia um pouco de medo ao povo, porque deitava cartas; e profetizava mesmo um pouco nos seus melhores momentos, sempre um pouco aterradores.

Mas, como eu ia dizendo, bons e ricos senhores e belas senhoras que peço que me amem, Silviana, a Branca, entrou na feira. Viu por ali tudo que havia. Chegando diante de uma barraca onde estavam pendurados chapéus de couro, chocalhos, martelos de ferro batido, ferros de ferrar gado, espanadores, cordas e outras coisas, parou. Tocou um chocalho, depois um sino para carneiro. Depois, os dois, enquanto o dono a olhava deslumbrado. O dono não se conteve e disse:

— Dona Silviana, como a senhora está bonita! É porque Malaquias Pavão ainda não chegou, senão...

— O que era que tinha? — interrogou ela.

— Ah, ele ficava doido... Eu já vi Malaquias dizer que a senhora era a coisa mais bonita que ele já tinha visto.

— Muito obrigada, Pedro. Mas eu sou uma mulher casada e não posso estar ouvindo essas coisas não, nem de você, nem de Malaquias.

Saiu e encaminhou-se para o lugar dos cavalos, sempre acompanhada, como uma sombra, por Maria Cascalha. Esta, ao passar, foi cumprimentada com a cabeça por uma rapariga, vestida com escandaloso vestido vermelho:

— Bom dia, Dona Maria Cascalha! Deus a tenha em sua guardada!

Maria Cascalha respondeu com um cumprimento de cabeça, mas, assim que ela deu as costas, a rapariga de vermelho persignou-se e, voltando-se para a companheira, disse:

— Essa mulher dá um azar de bicho!

— Eu não sei? — disse a outra fazendo figa para as costas da Cascalha. — Ave Maria, parece um urubu!

Quando chegaram perto do cercado dos cavalos, Pedro Cigano levantou-se, respeitoso. Silviana interrogou-o:

— Pedro, é o lote de cavalos do meu marido?

— É, Dona Silviana. A gente espera fazer um bom negócio hoje, vendendo pelo menos uns seis animais.

— Se Deus quiser!

— Mesmo que Deus não queira, tem gente por aí que eu já sei que quer. Seu Sinfrônio é que mandou um recado, pra eu dizer à senhora que ele ia chegar tarde. Foi ao Engenho da Pedra ver se troca o "Siricoia" pela "Melada" do Coronel Melânio.

IV

Enquanto sua mulher e seu estribeiro falavam dele, Sinfrônio, o Cavalariano, montado no falso "Siricoia", o belo cavalo castanho arroxeado, com os arreios todos enfeitados de moedas e medalhas que ele comprara perto de Santa Rita, com as crinas bem ripadas e a cauda bem aparada, chegava perto da porteira do Engenho da Pedra. Entrou, chegou perto da casa-grande, e, vendo o Coronel Melânio no copiar, saltou lesto, tirou o grande chapelão, curvou-se, atirou-o ao chão e disse:

— O cavalariano Sinfrônio Perigo, criado de Vossa Senhoria, pede licença para entrar nesta casa de nobreza e fidalguia.

O Coronel Melânio, que trajava roupa de linho branco, colete branco, botas, chapéu de chile branco, sentado numa rede, com o queixo apoiado na bengala, sorriu, levantou-se e disse:

— Tem licença, Sinfrônio. Apanhe seu chapéu e entre.

Entraram. Na sala, por entre os móveis de jacarandá, servido o café, o coronel falou para Sinfrônio:

— É o negócio da "Melada", não é?

— Quer dizer, eu vim porque estava com saudade de Vossa Senhoria. Agora, se Vossa Senhoria quer fazer negócio com a égua, eu topo, porque minha profissão é essa. Não sei se Vossa Senhoria sabe que fui ao Sabugi e comprei o "Siricoia"...

— Ouvi falar, Sinfrônio, ouvi falar. Enquanto você esteve fora, era só no que se falava aqui. Você veio me vender esse cavalo muito do famoso?

— Vender, não vender, trocar, não trocar... Vossa Senhoria é quem manda!

— Vamos ver as qualidades do animal.

No pátio, Sinfrônio montou lestamente no falso "Siricoia":

— Veja só a esquipada desse cavalo, Seu Coronel Melânio.

Deu uma esquipada pelo sol, com os arreios fulgindo. Brilhavam também ao sol umas argolas que ele tinha prendido aos pés do cavalo para ajudar a esquipação e que tiniam ao belo passo do Castanho. Quando mostrou bem a esquipação, Sinfrônio saltou e disse:

— Vossa Senhoria sabe que a esquipação é o passo mais difícil do cavalo, não sabe? Esse daqui, modéstia à parte, é mestre na esquipação, como o senhor viu. Agora eu pergunto: isso é animal para um cavalariano como eu? Nada! É cavalo para um nobre, como Vossa Senhoria!

O Coronel Melânio, meio seduzido, pensou um pouco e disse:

— O cavalo esquipa que é uma beleza. Mas eu não estava pensando em comprar cavalo agora!

— Não compra! Eu não já disse que quem manda é Vossa Senhoria? Mas pode-se trocar o "Siricoia" pela égua "Melada" do Coronel!

— A "Melada" é a melhor égua de Alagoa Grande, Sinfrônio.

— Eu sei, mas ela só pode servir para mim, cavalariano pobre. Posso tirar raça com ela e vender os poldros. Mas para montar, Seu Coronel, não fica bem o senhor, um homem fidalgo e macho, ter uma égua como cavalo de sua sela.

— A "Melada", além de tudo, é ótima para minhas viagens. Estou ficando velho e, para ir a Alagoa Grande, não tem animal como a "Melada". A pisada do meio dela é um algodão, de tão macia!

— Um homem nobre, rico e fidalgo como Vossa Senhoria deve montar num cavalo. E num cavalo de fama, bonito e esquipador, como o "Siricoia".

— Pois vamos ver essa troca. Você quer trocar um pelo outro?

— Vossa Senhoria me dá quinhentos mil réis de volta.

— Dou duzentos.

— Vossa Senhoria me dá quatrocentos. É o preço da esquipação.

— Dou trezentos e já é demais!

— Vossa Senhoria manda!

Um moleque trouxe a égua do coronel. O cavalariano passou a sela e os arreios que estavam no "Siricoia" para a "Melada" e entregou o cavalo ao moleque. O Coronel Melânio entregou-lhe os trezentos mil réis da volta e Sinfrônio montou.

— Até à vista, Coronel Melânio! — disse ele, tirando o chapéu num gesto largo. — Vossa Senhoria não leve a mal não, mas precisa de uma pessoa que cuide melhor dos seus cavalos. A "Melada" é uma bela égua, mas veja como as crinas dela estão feias! O rabo cheio de carrapichos! Mas não seja por isso, vou ripar as crinas e aparar o rabo dela bem aparadinho.

— Sinfrônio, você tem sangue de cigano?

— Não, Seu Coronel. Meus inimigos dizem isso, mas é para prejudicar meus negócios. Inveja matou Caim.

— Pra onde vai agora? À feira da rua?

— Vou.

— Talvez eu também dê um pulo lá.

— Até à vista, Excelência!

V

Apesar de ter dito ao coronel que ia à feira, Sinfrônio ainda tinha o que fazer no engenho, antes de ir à rua. Depois que passou a porteira e andou um bocado pela estrada, ele deu uma volta e, cautelosamente, dirigiu-se ao velho galpão de tijolos onde funcionavam os maquinismos do Engenho da Pedra. O pessoal estava lá trabalhando, uns na fornalha, outros carregando canas etc. O mestre, Antônio, estava por ali, cuidando de tudo. Sinfrônio falou da entrada:

— Mestre Antônio, quero um particular com o senhor.

Saíram os dois para um dos oitões do engenho e, lá, Sinfrônio falou novamente:

— Malaquias deve chegar hoje do Sertão, conforme me avisou. O senhor pode arranjar outra partida de cachaça pra ele carregar?

— Posso. Pra quando ele quer?

— Pra hoje mesmo, de noite. Vai voltar ao Sertão amanhã cedo, pra vender a cachaça.

— Pois diga a ele que venha. Mas, pelo amor de Deus, tenham cuidado. Se o Coronel Melânio descobrir que estou roubando essa cachaça para vender a Malaquias...

— O que é que acontece?

— Se eu estiver de azar, ele manda me matar.

— E se estiver com sorte?

— Levo uma surra de lascar!

Sinfrônio montou de novo na "Melada" e desta vez saiu mesmo do engenho. Andou uma porção de tempo, e, de repente, torcendo as rédeas do cavalo, tomou por uma vereda no mato. Depois de andar um bocado, tirou do bolso o patacão, olhou as horas, colocou-o de novo no bolso, levou dois dedos à boca e deu um assovio. Esperava ouvir a resposta de Malaquias Pavão, que tinha marcado um encontro com ele, no mato.

Entretanto, do lugar em que estava, Malaquias não podia, ainda, ouvir o assovio do cavalariano. Vinha ele, com Miguel Biôco e sua carga de burros, por uma estrada abandonada, paralela à estrada real. Vinha montado num burro e puxando pelas rédeas seu belo cavalo melado, o "Rei de Ouro", que tinha causado tanta impressão na feira onde houvera a briga. Era o cavalo mais belo da região: nenhum chegava nem perto dele, pelo tamanho, pela finura, pela elegância, pela nobreza, pela riqueza da sela. Era um cavalo tão nobre e de estimação, que o dono só montava nele perto das ruas, para "não gastá-lo", segundo dizia. Um pormenor aparentemente insignificante, mas que depois se revelou da mais alta importância, era que o "Rei de Ouro", como insígnia de sua nobreza e, ao mesmo tempo, como proteção contra certas forças obscuras, era ferrado, numa espádua dianteira, com um Sino-Salomão, isto é, uma estrela de seis pontas.

Os burros vinham tangidos por Miguel Biôco, o secretário de Malaquias Pavão. O estribeiro vinha montado no seu jumento "Coronel" e encerrando a cavalgada. Não podia haver contraste maior do que o existente entre o patrão e o empregado. Malaquias era um belo homem, alto, forte, desempenado, que fazia uma boa parelha com seu sócio e rival Sinfrônio Perigo. Mas se bem que tão alto quanto este, era mais robusto. Por outro lado, não tinha o focinho meio arraposado do cavalariano, e, com outros talentos e simpatias — como a boa conversa e a viola, por exemplo —, fazia o maior sucesso entre as damas de Alagoa Grande e de outras vilas e cidades paraibanas. Ele era sertanejo, de Taperoá, no Cariri, mas morava em Alagoa Grande há muito tempo. Isto é, seria mais correto dizer que fazia de Alagoa Grande o centro de suas atividades, porque morar mesmo ele morava era nas estradas, em cima de burros e cavalos, em sua vida errante de contrabandista de aguardente.

Enquanto isso, Miguel Biôco, baixo, careca, meio estrábico, feio que só uma briga de foice, fazia uma figura bem diferente, montado no "Coronel". Além de todas essas desvantagens, os trabalhos subalternos que era obrigado a fazer ainda o tornavam menos elegante. Malaquias, à frente da tropa de burros, praticamente limitava-se a desfilar, para impressionar as mulheres. Já Miguel Biôco tinha que cuidar dos burros, olhar, colocar as cangalhas e ancoretas, botar os rabichos e rabicholas — momento em que era visto olhando o furico do bicho —, e assim, nobres senhores e belas senhoras a quem conto a história, não há quem agrade às mulheres. Ele pinicou o jumento com a espora e aproximou-se do patrão, por quem tinha uma admiração sem limites.

— Patrão, estamos chegando perto da rua. O senhor vai montar no "Rei de Ouro"?

— Miguel, eu não gasto meu cavalo sem precisão de jeito nenhum. Eu só monto no "Rei de Ouro" por boniteza e para impressionar as moças.

— Está certo, Seu Malaquias, mas vamos entrar no mato. Seu Sinfrônio já deve andar por lá!

— Pois vamos. Rumbora, "Rei de Ouro"!

E Miguel, esporando o jumento:

— Bora, "Coronel"!

Entraram pelo mato e aí foi a vez de Malaquias assoviar com os dedos na boca. De longe, Sinfrônio respondeu. Os dois foram assoviando e se chegando, até que se encontraram no mato. O cavalariano, esbarrando a "Melada" que tinha sido do coronel, gritou:

— Epa, Seu Malaquias!

— Viva, Seu Sinfrônio!

— Que diabo de roupa é essa, Malaquias?

— Isso é política, depois eu lhe explico. E você? Comprou a "Melada" do coronel?

— Vai te danar! Troquei a égua do coronel pelo "Siricoia"!

— Cabra macho!

— Vendeu toda a aguardente?

— Todinha. Fizemos bom negócio.

— Estimo. E meus burros?

— Em perfeita ordem, pode examinar.

Sinfrônio olhou os burros, desceu do cavalo, olhou os cascos de um, arregaçou os beiços de outro, deu uma tapa nas ancas do terceiro.

— Está tudo bem. Miguel é um estribeiro cuidadoso.

— É bondade de Vossa Senhoria — disse Miguel.

— Você vai levar outra partida de cachaça sem selo, Malaquias?

— Vou. Hoje, depois da feira, vou ao engenho encher as ancoretas. Estou de combinação com o mestre: ele me cede a aguardente para eu pagar na volta. É tudo escondido do coronel. O negócio é perigoso, mas a cachaça do Brejo é apreciada no Sertão e eu vendo tudo.

— E os fiscais? E a Polícia?

— Passei por todos eles e ninguém descobriu nada. Graças a Deus e a Nossa Senhora, Malaquias Pavão nasceu com astúcia e coragem para o serviço.

— Você vai à feira?

— Vou.

— Eu também. Mas é melhor a gente ir cada um para seu lado. Esse negócio do contrabando da malvada é perigoso e não quero que ninguém saiba que lhe alugo os burros. Até à feira.

— Até lá.

VI

Assim que Sinfrônio se afastou, Malaquias e Miguel tangeram os burros e, tomando uma vereda, foram dar à beira de um riacho. Ali, numas locas de pedra, esconderam as ancoretas, que cobriram com galhos de mato. Ao mesmo tempo, tiravam uma porção de garrafas que estavam escondidas ali. Lia-se no rótulo delas: "Garrafada Capeconha". Entre a primeira e a segunda parte do letreiro, havia um Bode pintado. Guardadas as ancoretas, Malaquias dirigiu-se a Miguel:

— Miguel, eu vou arrancando as plantas e você vai enchendo as garrafas.

Unindo o gesto à palavra, Malaquias pegou a primeira garrafa, arrancou algumas folhas da planta que encontrou mais próxima, enfiou-as para dentro e passou a garrafa para Miguel que, mergulhando-a no riacho, encheu-a, colocando-lhe uma rolha. Encheram assim todas as garrafas. Depois, tirando de cima das cangalhas uma porção de objetos que vinham em sacos — retratos do Padre Cícero, malotas com folhetos, raízes, fumo etc. —, saíram dispondo tudo pelos jumentos, de maneira a que os sacos de estopa tomassem o lugar antes ocupado pelas ancoretas. Acabado o serviço, tangeram novamente os burros até chegarem à estrada. Aí, Malaquias parou o burro em que vinha montado. Com um gesto régio, sem se voltar para trás, acenou com a mão e disse:

— Estribeiro Miguel!

Miguel, obedientemente, veio até ele e foi tomar as rédeas do animal. Mas Malaquias o interrompeu:

— Não. Primeiro, o manto e o chapéu de couro que eu trouxe do Sertão.

— O senhor vai se meter na política, em Alagoa Grande?

— Não, mas é elegante! Gosto sempre de aparecer com uma novidade na entrada da rua. Desta vez, a novidade é o chapéu e o manto. Para chamar a atenção das moças, é bom sempre uma novidade.

Enquanto Malaquias punha os óculos, amarrava o lenço vermelho no pescoço e enfiava o chapéu de couro na cabeça, Miguel anotava aquela máxima de que "para impressionar as moças era sempre bom apresentar de vez em quando uma novidade". Terminada a operação, Malaquias montou em seu belo cavalo melado e disse:

— Vamos, "Rei de Ouro"! Vamos, que as mulheres e as éguas de Alagoa Grande estão esperando por nós!

Miguel, que tinha montado no jumento, balançou filosoficamente a cabeça e disse:

— Está vendo, companheiro? Aquele homem é alto, eu sou baixo; é rico, eu sou pobre; é querido das mulheres, eu não sou; para escarnecer, por cima de tudo, tem cabelo, eu sou careca; e ainda dizem no mundo que Deus é justo! Vamos, "Coronel"! Vamos, que as jumentas e as raparigas de Alagoa Grande estão esperando por nós!

VII

A entrada de Malaquias e Miguel, tangendo os burros, com o primeiro à frente da desfilada, de manto azul e chapéu de couro à cabeça, foi verdadeiramente triunfal. Quando eles passaram diante da porta do ferreiro, este, que estava batendo na bigorna um ferro incandescente, correu, dizendo:

— Não, não é possível! É Seu Malaquias Pavão com as armadas dele!

O ajudante, que estava no fole, correu também e disse:

— De manto e chapéu de couro! A feira hoje vai ser das boas! Vai haver brincadeira, molecagem, movimento, e é capaz de sair barulho, porque o sargento-delegado anda com ele por aqui! — completou, passando o dedo na garganta.

Notando perfeitamente a sensação que ia causando, mas sem dar nenhuma demonstração disso, Malaquias desfilava pela rua principal e Miguel Biôco participava um pouco do sucesso do patrão. Cumprimentava para um lado e outro, tirava o chapéu de massa, procurando imitar os gestos largos de Malaquias. Foi assim que passaram diante de uma casa onde estavam velando um defunto. Uma mulher estava segurando o defunto para colocá-lo no caixão; o morto já estava só com o tronco de fora. A mulher que estava tirando as "excelências" cantava:

"Uma senhora, orai por ele,
duas senhoras, orai por ele..."

No momento em que estava cantando isso, avistou Malaquias. Deixou cair o rosário e correu para a janela, sem parar de cantar:

"Mãe de Deus, Mãe de Deus,
ó Mãe de Deus, orai por ele, Mãe de Deus!"

Uma pessoa disse alto:

— É Malaquias Pavão!

O povo todo, respondendo ao canto, repetiu em coro esses dois últimos versos, correndo todos para as janelas e calçadas. A mulher que estava colocando o defunto no caixão socou o tronco como pôde e ia também correndo, quando o morto, num último arranco, ergueu-se de novo. Aberturando o defunto, a mulher socou-o de novo, sempre cantando:

"Mãe de Deus, Mãe de Deus,
ó Mãe de Deus, orai por ele, Mãe de Deus!"

E correu também para a calçada. Enquanto isso, Malaquias Pavão continuava sua desfilada triunfal. Chegando ao lugar que ocupava na feira, saltou do "Rei de Ouro", abriu o cadeado que estava trancando sua barraca e postou-se por ali. Miguel, rapidamente, abriu uma lona no chão, por onde logo começaram a se espalhar os objetos. O povo começou a afluir. Malaquias, tirando os óculos, o lenço e o chapéu de couro, colocou esses objetos na barraca e começou a falar para o pessoal que chegava:

— Venha, minha gente! Venham à barraca de Malaquias Pavão, que está aberta a todo mundo! A barraca para o povo, o coração do dono para as moças de Alagoa Grande! Aqui tem de tudo! Retratos do nosso Santo do Juazeiro, meu Padrinho Padre Cícero! Folhetos e romances sertanejos, com todas as novidades! Chapéu de couro, chocalhos, estribos, suspensório de cobra, pincenês de cururu! E tem sobretudo o maravilhoso preparado "Garrafada Capeconha", o Elixir do Amor, da Saúde e da Coragem!

Uma velha falou, na multidão:

— Seu Malaquias, eu ando meio adoentada!

— O que é que a senhora está sentindo?

— Uma falta de ar, um sobrosso quando chego perto do meu marido e um susto no começo do repouso.

— Isso é estopô-badoque, dona, é a chamada sibilica-dos-países-baixos. Tome um frasco do Elixir do Amor e da Coragem, que a senhora fica boa.

— O uso é externo ou interno?

— Os dois, externo e interno. A senhora toma uma colher de sopa três vezes ao dia e, de noite... Venha cá que eu digo!

A mulher aproximou-se e Malaquias falou-lhe ao ouvido.

— Vôte! — disse ela, espantada.

— Pode ir e passe, que é garantido.

A mulher afastou-se, com o frasco na mão. Malaquias gritou de novo:

— Cheguem, aproximem-se, olhem e comprem! Alguém aí quer um freio de amansar gato? Quem quer comprar uma especial tesoura de capar calango? Olhe o elixir!

Neste momento, ele descobriu uma moça em atitude de tristeza, no meio do povo.

— Minha filha — disse ele —, que é que você está tão triste?

— Ah, Seu Malaquias, eu era noiva, meu noivo prometeu casar comigo e me deixou!

— Isso não é nada, menina! Isso são as inclemências da vida! Tome aqui um folhetinho, é *A Triste Sorte de Jovelina*. Coitadinha, passaram o ferro nela e depois largaram!

"Estive com namorada
solteira, cheirosa e bela;
ela jurou, garantiu
que ainda era donzela;
mas eu não acreditei
porque José Wanderley
passou o sarrafo nela."

— Quanto custa o folheto, Seu Malaquias?

— Nada, nada, pra você é de graça!

— Muito obrigada, Seu Malaquias!

— Nada, nada, minha filha! Agora, qualquer dia, vou lhe fazer uma visitinha!

Um velho pegou duas garrafas do elixir, e, depois de examiná-las cuidadosamente contra o sol, disse:

— Malaquias, isso não é um remédio só?

— É, pois não! É o Elixir do Amor, da Saúde e da Coragem! Por quê, cavalheiro?

— Porque tem mais de uma qualidade de folha!

— O cavalheiro estranha porque não entende de raiz e garrafada. O que é que tem escrito aqui?

— Garrafada Capeconha!

— É o endereço telegráfico do remédio. *Conha*, de pepaconha; *pe*, de quebra-pedra; e *ca*, de catuaba. Mas tem mais uma porção de folhas e raízes que eu não digo a ninguém. O uso depende da doença! O cavalheiro está interessado?

— Estou.

— Seu problema é mais de saúde, mais de coragem ou mais de amor?

— É mais de amor!

— Leve essa garrafa! Nessa eu carreguei na catuaba! É santo remédio para seus incômodos! Três colheres de sopa por dia, mas não tome em tempo de lua cheia não, que morre, viu?

Nesse momento, ia chegando, com sua companheira, a rapariga de vermelho que tinha cumprimentado Dona Cascalha. Miguel falou baixo para Malaquias:

— Patrão, olhe! Aí vem uma mulher-dama e uma mulher-solteira.

Malaquias gritou alto para elas:

— Cheguem, aproximem-se, minhas filhas! O Sapo está muito animado para hoje de noite?

— O Sapo? — disse Miguel.

— Sim, a zona das mulheres-damas daqui chama-se o Sapo.

— Não sei como o senhor decora! Em cada canto é diferente!

— Miguel, uma das coisas mais importantes para um homem é saber o nome da zona de cada lugar. Ali é o lugar da alegria, não é, minhas filhas?

— Não sei não, Malaquias, você é quem sabe.

— Malaquias — perguntou a companheira da de vermelho —, correu por aqui a notícia de que você tinha casado no Sertão?

— É mentira, minha filha, é gente que está querendo me intrigar com as moças e raparigas do Brejo. Eu sou do Sertão, mas prefiro as mulheres do Brejo: são branquinhas e gostosas que só açúcar!

— Mas você arranjou uma noiva no Sertão... É pra casar ou pra que é?

— É pra que é! Olhe, minha filha, você sabe que eu não vendo o meu cavalo "Rei de Ouro" por preço nenhum, não sabe?

— Sei.

— Pois só acredite que eu vou me casar quando ouvir dizer que eu vou vender o "Rei de Ouro". Tomem aqui um vidro da garrafada para cada uma. Pra vocês, não custa nada. Agora, de noite, eu vou fazer uma visita ao Sapo. Quero ver você vestida como na capa do folheto, está certo?

— Pode ir, o prazer é nosso. Leve a viola, viu?

— E chegando lá, você deixa eu tirar a viola do saco?

— Vamos ver! — disse, rindo, a rapariga de vermelho.

— Olhe, minha filha, eu também vou, viu? — disse Miguel Biôco à outra.

— Sai, azar! — disse a mulher, dando-lhe as costas.

— Eu não digo que eu sou pesado! — disse Miguel Biôco, desconsolado.

VIII

Enquanto Malaquias fazia todo este sucesso, seu sócio secreto, Sinfrônio, o Cavalariano, conversava com sua mulher, a bela Silviana dos braços brancos. Estavam os dois junto ao cercado dos cavalos, e, enquanto conversavam, Sinfrônio, com uma tesoura, ia aparando as crinas da égua que tinha sido do Coronel Melânio. Seu secretário, Pedro Cigano, com uma escova, escovava o pelo do animal. Apareceu, ali, num burro, o Coronel Melânio. Esbarrando o animal junto dos dois, disse:

— Bom dia, dona Silviana.

— Bom dia, Coronel Melânio.

— Isso já é a "Melada" que você está ajeitando, Sinfrônio?

— É como Vossa Senhoria está vendo, Coronel. E o senhor, por que não veio no "Siricoia" que eu lhe vendi?

— Ele não quis andar na pisada do meio não.

— Certamente estranhou a montada de Vossa Senhoria.

— Mas o cavalo sabe andar no meio, não sabe, Sinfrônio?

— Ora, Seu Coronel, um cavalo que sabe esquipar, quanto mais pisada do meio...

— Digo isso porque, para viagem, um cavalo que não tem pisada do meio é mesmo que nada...

— Pode confiar, Seu Coronel. É porque ele estranhou a montada.

— Está bem. Com a licença de Dona Silviana.

— Tem toda, Seu Coronel.

Assim que o coronel saiu, Sinfrônio disse para a mulher:

— Olhe, veja como fala! Eu não gostei desse seu "tem toda" não.

— Que é isso, Sinfrônio, ele falou sem maldade e eu também.

— Eu sei lá se o coronel é sem maldade...

— Se ele tivesse maldade, não tinha caído na besteira de trocar a "Melada" por um cavalo que só tem o luxo de esquipação, mas não serve para viagem porque não pisa no meio. Você é o cavalariano mais sabido que eu já vi, Sinfrônio.

— Fala baixo, mulher! — disse Sinfrônio, lisonjeado e ferrando a "Melada" com um Sino-Salomão igual ao do "Rei de Ouro".

— Você arranjou um grande animal, Sinfrônio. Mas, mesmo ela tendo agora o Sino-Salomão, o cavalo mais bonito e melhor que eu já vi foi o "Rei de Ouro" de Malaquias.

IX

Mandado por Malaquias, Miguel Biôco foi procurar um marceneiro que trabalhava para eles. Chegando na tenda, disse para o homem:

— Vim buscar as ancoretas que Seu Malaquias Pavão encomendou.

— Estão prontas.

— Fez como ele mandou? Com as bichas divididas ao meio por uma tábua?

— Fiz, pode verificar.

Biôco pegou a ancoreta, tirou as duas tampas de madeira, e, pegando um cipó, enfiou por um lado, sentiu-o bater na madeira, fez o mesmo do outro.

— Está bem, é assim mesmo! — disse ele, tornando a tampar a ancoreta.

Quando ele ia saindo, o carpina disse:

— Ainda que mal pergunte, o senhor pode me dizer para que é essa ancoreta assim dividida em duas?

— Seu Malaquias gosta de andar sempre limpo. Quando a gente viaja, anda com água para beber e com água para lavar o rosto. Essa ancoreta, dividida em duas, vai servir para as duas coisas: no lado de cá, água de beber; no outro, água de gasto, água para lavar o rosto.

Quando Miguel Biôco voltou para a barraca do patrão, teve a desagradável surpresa de encontrá-lo com o sargento e o cobrador de impostos. Os dois, juntos, examinavam todos os objetos vendidos. Malaquias, obsequioso, explicava:

— Olhe, Seu Fiscal, e olhe o senhor também, Sargento. Nada do que eu vendo é sujeito a imposto. Eu pago o chão da feira, para vender essa troçaria. Mas imposto de mercadoria cara, eu não pago nenhum, porque não vendo nenhuma. Estou certo?

O sargento, de má cara, retrucou:

— Mas é que eu ando desconfiado de você. Você é rico, tem o cavalo mais bonito que existe por aqui. Tudo isso é só vendendo folheto, retrato de Padre Cícero?

— É o elixir, Sargento. Aliás, eu guardei aqui duas garrafas especiais, uma para o senhor e outra para o fiscal.

O fiscal, recebendo a garrafa, disse:

— Para que diabo eu quero isso?

— O senhor está ficando careca, isso é ótimo pra queda de cabelo.

O fiscal olhou para Miguel e disse:

— Seu secretário é careca.

— Ele fez promessa para não tomar o elixir.

— E eu? — interrogou o sargento. — Tenho boa saúde e cabelo.

— Leve aqui essa oração do Padre Cícero. O senhor toma uma colher do elixir e reza a oração, uma vez por dia, antes de dormir. Um cabo de polícia, em São João do Cariri, fez isso, foi promovido a sargento e logo depois comissionado em tenente.

Quando os dois já iam saindo, Miguel Biôco chamou:

— Seu Sargento! Seu Fiscal!

Os dois pararam e ele correu para lá, com dois folhetos na mão:

— As duas maiores autoridades dum lugar são o delegado e o fiscal. O povo só falta morrer de medo.

— É bondade sua! — disse o fiscal, lisonjeado.

— Só tem duas coisas que fazem mais medo ao povo do que a Polícia e os cobradores de impostos.

— Quais são?

— Os cangaceiros e os malassombros. Por isso reservei esses dois folhetos para vocês. O do senhor é este, Sargento: *A Carreira que a Polícia deu com Medo de Lampião*. O do senhor, Seu Fiscal, é *O Lobisomem da Paraíba*.

— Ah, quer fazer graça, é? — perguntou o sargento. — Eu ando de olho em você, doido para dar-lhe uma surra.

— E é? Por quê, Seu Delegado?

— Porque você anda chamando seu burro de "Coronel", para desvalorizar as autoridades constituídas. Trate de mudar isso, ouviu?

— Sim, senhor! Vou mudar.

XI

Voltando para casa, Silviana, a dos braços brancos, causava tal deslumbramento que o povo se voltava todo à sua passagem. Malaquias, que estava junto à barraca, ao avistá-la mudou imediatamente de expressão. Seu rosto transformou-se, ele perdeu o ar gaiato de camelô, e seu rosto estampou uma tal admiração, que o povo todo que cercava sua barraca voltou-se para ver o que tinha causado tanta impressão. Vendo Silviana, imediatamente e por instinto todo mundo afastou-se, como se pressentisse que aqueles dois seres de eleição tinham de ficar juntos, pois isso contribuiria para a beleza e a ordem do mundo. Malaquias, dando volta, entrou na barraca, para que Silviana, acolhendo-se do sol, pudesse, ao mesmo tempo, ficar mais próxima dele, mais aconchegados na sombra e sob um teto.

— Silviana! — murmurou ele, deslumbrado, mais para consigo mesmo do que como saudação à moça.

— Cuidado, Malaquias, cuidado com o que diz e o que faz, porque todo mundo está olhando para nós dois! — disse Silviana murmurando, com o ar mais severo que pôde arranjar.

— Sim, Silviana, sei que preciso ter cuidado, porque olhar e falar muito com você é mesmo um perigo. Mas por que você diz isso?

— O homem da barraca andou me falando que você disse umas coisas inconvenientes sobre mim, na frente de todo mundo.

— Coisas inconvenientes? Ah, Silviana, eu preferia que Sinfrônio cortasse minha língua a dizer qualquer coisa que ofendesse você! O que eu disse foi que as três coisas mais bonitas que já tinha visto no mundo tinham sido uma eguinha nova, alazã, solta no campo e correndo com as crinas ao vento, uma garça voando e Silviana andando com o rosto que parece alumiado, como se tivesse uma luz por dentro.

— Pois é isso mesmo a inconveniência. Eu sou uma mulher casada e não posso estar ouvindo essas coisas de ninguém.

— Silviana, eu trouxe um presente para você. É um anel, de ouro, de pedra verde, da cor de seus olhos.

— Como é?

— Se for dado na frente de Sinfrônio e ele der licença, você usa?

— Quem sabe é Sinfrônio.

— Pois vou pedir a ele. Sei que ele deixa. Não é querendo ofender não, gosto muito de Sinfrônio, mas ele parece que tem sangue de cigano. Sabido como é, sendo para lucrar, ele aceita tudo! Aceite, não custa nada a você, e para mim, é como se eu tivesse uma garça de estimação e pudesse botar uma correntinha de ouro no pescoço dela.

XII

Quando Silviana se afastou, sempre seguida por Maria Cascalha, que se mantivera a respeitosa distância enquanto a ama conversava com Malaquias Pavão, este, de tão contente, pegou um folheto, deu, com ele, uma tapa na coxa e gritou:

— Homem sem mulher não passa!

Silviana voltou-se espantada, e Malaquias disfarçou:

— Chega, meu povo, chega e vem comprar folheto! Olhem aqui, os maiores folhetos que trouxe do Sertão para vocês: *Homem sem Mulher não Passa*! *O Encontro de Dois Errados*! *Roldão no Leão de Ouro*! *Romance de João Alfaiate e Manuel Sapateiro*! *O Pai que Forçou a Filha na Sexta-Feira da Paixão*! *Teseu, o Herói do Labirinto*! *O Crente e o Cachaceiro*! *História de um Velho que Brigou 72 Horas com um Cabaço sem Chegar no Fundo e sem Lascar as Beiras*!

XIII

Chegou por ali um paralítico, encostado em duas muletas, e falou para Malaquias:

— Seu Malaquias! Eu estou paralítico há dois anos. Será que o elixir do senhor tem poder para curar esse mal?

— Poder, meu filho, só quem tem é Deus! Como foi que começou isso?

— Minha mulher fugiu com um soldado, e parece que isso me deu azar, porque dois dias depois que ela saiu, deixei de poder andar e a miséria fez barraca na minha casa.

Malaquias, com ar pensativo, olhou-o nos olhos e disse:

— Abaixo de Deus, meu elixir é poderoso. Leve essa garrafa.

— O senhor garante que fico bom?

— Homem, pelo menos uma melhora boa eu lhe garanto.

O homem ia saindo quando, de repente, Malaquias teve uma inspiração genial. De fato, ele resolvera somente fazer uma encenação, para impressionar os outros e o próprio paralítico, com o fim de aumentar o prestígio do elixir. Ele gritou para o homem:

— Ei, meu senhor! Espere!

Chegando para junto dele, diante de todo mundo, disse:

— Para esses casos de aleijado a primeira dose deve ser grande, tomada com uma oração forte que me ensinaram agora no Sertão e que foi feita por Padre Cícero. Abra a garrafa!

Diante da expectativa geral, o paralítico retirou a rolha e olhou para Malaquias com ar interrogador.

— Agora, bote na boca e vá bebendo, devagar, como quem bebe cachaça na garrafa!

O homem ia obedecendo quando Malaquias gritou:

— Não! Agora não! Tem primeiro que se dizer a oração:

"Pelo sol velho da Terra,
pelas Pedras do Sertão,
pelas Estrelas e Bichos,
por meu Padrim Padre Cícero,
pelo Sino-Salomão!"

XIV

Encerrada a feira, na boca da noite, Malaquias Pavão dirigiu-se para a casa de Sinfrônio, o Cavalariano. Encontrou-o sentado junto de Silviana e azeitando um rifle do qual nunca se separava, a não ser quando estava na rua, carregando-o preso ao arção da sela quando viajava. Quando ele avistou Malaquias, ergueu-se:

— Veio tratar do negócio dos burros?

— Foi. Hoje à noite vou ao engenho pagar a aguardente e saio de manhãzinha.

— Você vai ao Sertão, Malaquias? — interrogou Silviana.

— Vou, Dona Silviana. Começaram a cair por lá as primeiras chuvas, o pessoal deve estar animado pra comprar cachaça.

— Tome cuidado! — disse ela. — Estão dizendo que a briga entre o Governo e os Sertanejos está para pegar fogo, lá para os lados de Princesa.

— Eu não vou por lá.

— Está com medo, Malaquias?

— Dona Silviana, eu não sou como Sinfrônio não: tenho medo de todas as brigas, só entro numa quando não tem jeito. Eu não sou galo de briga não, sou galo de reprodução.

— Quer dizer que vai querer alugar os burros de novo para essa viagem? — interrompeu Sinfrônio.

— Vou, tome logo o dinheiro. Agora, Sinfrônio, eu comprei um presente no Sertão para vocês dois.

Silviana baixou os olhos e depois ergueu-se para ver a reação de Sinfrônio. Malaquias continuou:

— Comprei dois anéis para vocês. São todos dois de ouro, o de Dona Silviana com pedra verde, o seu com pedra amarela. Você aceita?

— Ora, se aceito, Malaquias! Aceitamos, não é, Silviana? Você é um amigão, Malaquias!

Malaquias entregou o anel a Sinfrônio, depois encaminhou-se para Silviana e, como se fosse por acaso, pôs-se de costas, olhou-a nos olhos, tomou-lhe a mão e colocou ele mesmo o anel na bela e branca mão.

— Saio de madrugada. Adeus, Dona Silviana.

— Vai sair do Riacho do Pau-d'arco? — interrogou Sinfrônio.

À noite, houve festa grossa no Sapo. Malaquias Pavão e Miguel Biôco chegaram lá, de viola a tiracolo e acompanhados por dois Cantadores, além dum esquenta-mulher que eles tinham arranjado para animar a festa. Foram saudados com alegria pelo mulherio e pelos farristas que estavam todos por ali. Dançaram um pouco ao som duma sanfona, um triângulo e um reco-reco que estavam tocando. Mas, esmorecendo um pouco a dança, a rapariga de vermelho gritou:

— Malaquias, meu filho, cante aí um elogio a mim na viola, com Miguel Biôco!

Os dois se aprestaram na viola, formou-se a roda. Miguel disse:

— Eu vou louvar é sua companheira!

— Está bem, vamos ver quem ganha! — disse Malaquias.

Afinaram as violas, entraram no baião, e Malaquias cantou:

"Minha amada só parece
com uma poldra galopando,
com uma veada nova,
com a lua despontando,
com um pé de rosa branca,
com uma garça voando."

E Miguel, em cima da bucha:

"Pois a minha se parece
com um pé de vegetação,
crina de jumenta ruça,
com uma chuva no Sertão,
porteira de pau a pique,
três pneus de caminhão!"

A mulher, assim elogiada, não se conteve e disse:

— Vôte, que verso esquisito!

Mas os dois, sem ligar, continuaram:

"Eu não gosto de Miguel,
ele é um jumento à toa,
bota a cangalha, ele pula,
bota a sela, ele se acôa,
mete-se o rebenque, rincha,
mete a espora, o peito avoa."

"Numa beira de estrada
eu peguei seu Malaquias,
torei-lhe as duas orelhas,
pendurei numa forquia,
fiz ele se mijar todo
sem acertar com a barguia!"

As palmas estrugiram no salão, mas Malaquias, deixando a viola e subindo para um tamborete, gritou:

— Pessoal, vamos deixar a cantoria pra depois. A gente veio foi pra dançar. Entra aí no esquenta-mulher, tropa!

O esquenta-mulher enfiou, tocando "O Piado do Cachorro", música então muito em voga no Sertão e no Brejo, e o pessoal caiu na dança.

XVI

Ora, enquanto isso, graves acontecimentos sucediam no Teixeira. Uma tropa da Polícia, comandada pelo Tenente Ascendino Feitosa, e a mando do Presidente João Pessoa, aproximava-se do Teixeira, reduto da família Dantas e que era um dos lugares onde a Oposição sertaneja ia ganhar a eleição do dia seguinte. Ao chegar às proximidades da rua, a Polícia começou a tirotear a esmo, para assustar os habitantes, e depois invadiu a cidade, prendendo gente daquela família e ameaçando de sangrar todo mundo. Em Alagoa Grande, alta madrugada, o rapaz do Telégrafo foi acordado pelo telefone de manicaca que tocava. Ele acordou estremunhado, atendeu o telefone, arregalou os olhos e correu para o Sapo, único lugar aberto àquelas horas:

— Pessoal! — gritou ele, parando a festa. — A Polícia do Doutor João Pessoa atacou a Teixeira dos Dantas, e vai atacar a Princesa do Coronel José Pereira. Vão pra casa, porque o barulho entre o Governo e os Sertanejos começou.

O pessoal começou a debandar. Malaquias disse a Miguel:

— Vamos aproveitar, que a gente tem serviço pra agora.

Encaminharam-se para o riacho, tangeram a tropa de burros, e, com os maiores cuidados, aproximaram-se do Engenho da Pedra. Chegando perto da casa-grande e certificando-se de que o pessoal de lá estava dormindo, deram uma volta e chegaram para perto do engenho. Ali, aguardava-os o Mestre Antônio. Silenciosamente, encheram todas as ancoretas. Numa das idas e vindas de Miguel, Malaquias perguntou, baixo, a ele:

— Você trouxe as duas ancoretas divididas pelo meio que eu mandei fazer?

— Trouxe, são essas que têm uma cintura branca pintada por fora.

— Encha a metade de cada uma com cachaça e bote junto com as outras.

— Só a metade?

— Só, a outra é pra encher com água.

Miguel obedeceu. Terminado o serviço, Mestre Antônio disse:

— E meu dinheiro?

— Que dinheiro?

— O da partida que você já vendeu.

— Ah, sim, tome.

— Você não podia pagar esta partida de hoje adiantada não?

— Não, Mestre Antônio, só com a venda da cachaça. De volta, eu pago.

— Está certo. Até e boa sorte.

— Até a volta, Mestre.

Voltaram os dois para o riacho, onde dormiram aquele resto da noite.

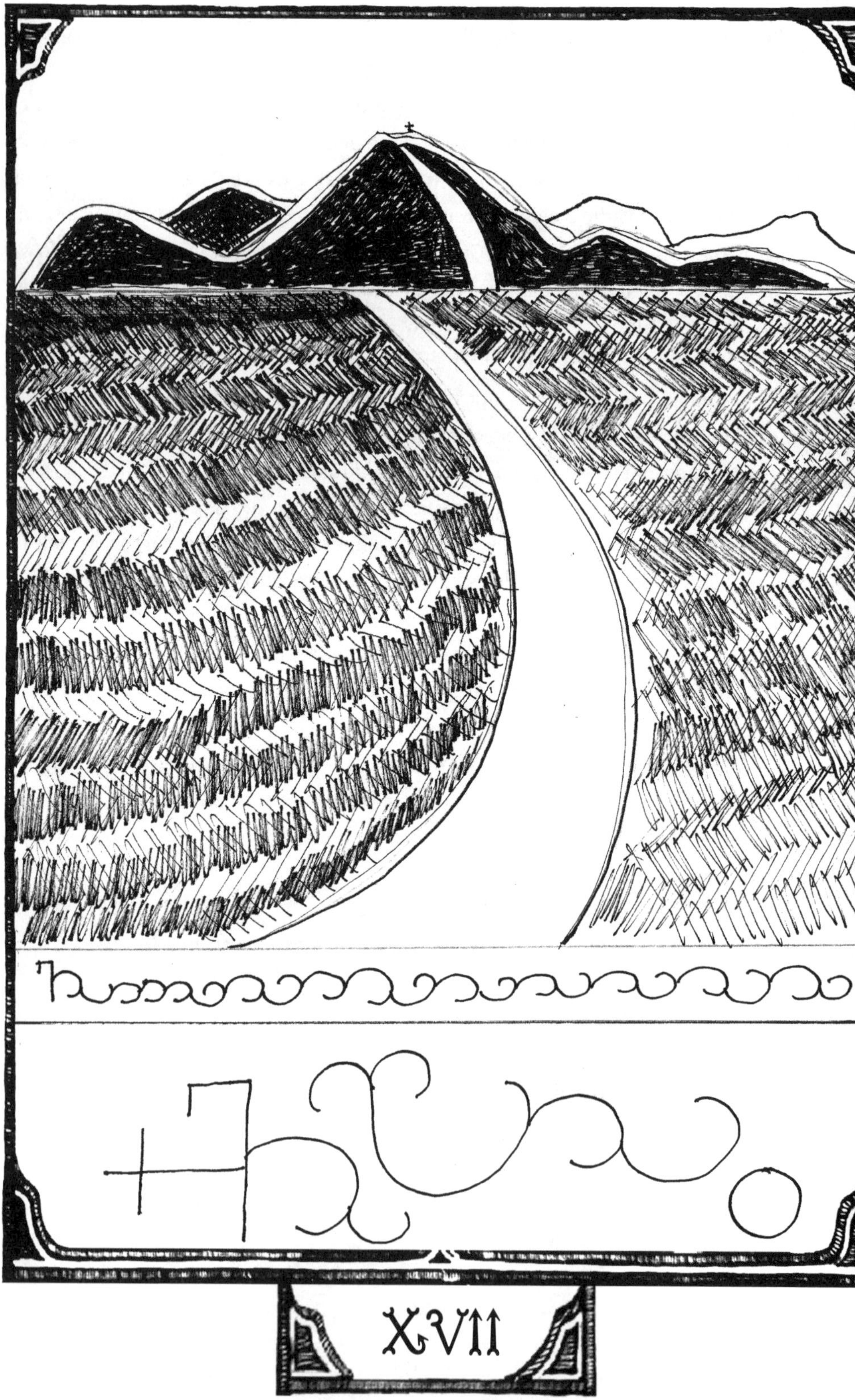
XVII

Acordando pela manhã, Malaquias pegou as ancoretas da cintura branca e encaminhou-se para a beira do riacho. Miguel acompanhava-o, curioso. Chegando lá, de toalha ao ombro, Malaquias pegou um pauzinho, enfiou-o na metade vazia de cada uma delas e bateu com ele na tábua que as dividia. Depois, virando as ancoretas com todo cuidado, abriu a tampa, enfiou o pauzinho, tirou-o molhado, cheirou-o, lambeu e disse:

— É da boa, cachaça de cabeça! Mestre Antônio dessa vez caprichou na malvada! Tome, Miguel, encha a outra metade com água.

Miguel obedeceu e Malaquias começou a lavar o rosto e pentear o cabelo. De repente ergueu a cabeça como um cavalo que farejou égua pelas proximidades. Indo a Miguel, segurou-lhe o braço, para que ele fizesse silêncio. Ouvia-se uma voz de mulher que vinha cantando e se aproximando. Era, como não podia deixar de ser, a branca Silviana, dos alvos braços, que vinha tomar banho com Maria Cascalha. Vinha cantando:

"Quando fores de tarde a passeio
no teu rico jardim de marfim,
se pegares na folha de um cravo,
ou tingo-tingo
não te esqueças, meu anjo, de mim.

Quando fores à noite deitar-te
no teu rico colchão de cetim,
de manhã te levanta e banha o rosto,
ou tingo-tingo
não te esqueças, meu anjo, de mim."

Silviana vinha linda, pisando no orvalho, pegando aqui e ali numa flor de jitirana que encontrava e cheirando-a. Tomou uma vereda que havia assim e foi sair no riacho num ponto mais acima do que aquele onde os dois se encontravam. Malaquias fez um aceno para Miguel, os dois saíram rastejando e se escondendo por dentro do mato. O que eles viram não sei nem posso dizer, senhores excelentes e belas senhoras dos braços brancos como os de Dona Silviana; mas, trepados em cima de uma pedra, ouviam-se os murmúrios de Malaquias:

— Que mulher! Que mulher, Miguel!

— Eu prefiro Maria Cascalha, tenho a maior sede naquela dona!

— Pois fique com ela, aquele urubu de novena! Minha paixão é mesmo Silviana! Eu ainda me desgraço por causa dessa garça, dessa veada de olhos verdes, dessa eguinha branca das crinas castanhas!

XVIII

Mas enfim, como dizia o grande José de Alencar, "tudo passa sobre a terra", e o banho de Silviana e de Maria Cascalha terminou por se encerrar. Malaquias e Miguel esperaram que elas se vestissem, rastejaram de volta, foram para onde estavam os burros e, com um ar meio soldadesco e militar, reencetaram a nova expedição da malvada. Malaquias montou excepcionalmente no "Rei de Ouro", com manto e chapéu de couro.

— Vamos embora, Miguel! — disse ele. — Mas desta vez vamos tomar outro caminho.

— Pra quê? — perguntou Miguel.

— Tenho um plano para pagar as despesas da viagem.

— Um plano?

— Um milagre. Mas só pode ser num lugar em que não conheçam você.

Ditas estas palavras enigmáticas, Malaquias cantou:

"Eu vou me embora daqui,
vem ver a minha partida
que eu chorando me consolo,
ai meu anjo,
da minha triste, cruel vida!

Sinfrônio não deve privar
nós dois de se querer bem;
se o amor dele é forçoso,
ai meu anjo,
força meu amor tem.

Se ajunte o sol com a lua
e as estrelas também,
que eu juro por Deus do céu,
ai meu anjo,
como te quero bem!"

— Bonito e verdadeiro! — disse Miguel. E esporeando o jumento, disse: — Vamos embora, "Seu Prefeito"!

XIX

Depois de terem andado um bom pedaço pelo mato, por causa da proximidade da rua, Malaquias Pavão e Miguel Biôco pegaram uma estrada abandonada, que caminhava paralela à estrada real, e encaminharam por ali a tropa de burros, carregados de ancoretas de aguardente. Tinham viajado cerca de meia légua, quando toparam com um árabe que vinha pela mesma estrada, com sua caixa de mascate a tiracolo. O turco se dirigiu a Malaquias:

— Ainda que mal pergunte, o que é que o patrão carrega nessas ancoretas?

— É o mesmo que você carrega nessa caixa.

— Pra onde é que o patrão se dirige?

— Quem muito quer saber, mexerico quer fazer.

— Vocês andando por essa estrada abandonada é porque querem esconder alguma coisa. Estou perguntando porque vai um pessoal armado pela estrada, no rumo do Sertão. E, como pode ser uma volante da Polícia, estou por aqui me escondendo dela.

— Por quê?

— Quem muito quer saber, mexerico quer fazer.

— Não se ofenda, irmão. Fiquei sem saber o que era e por isso respondi assim. Pensei que você era algum desgraçado, mas, agora, vendo que você vai fugindo da Polícia, já sei que você é gente boa. O que eu levo aqui é aguardente sem selo, uma carga da malvada que vou levando do Brejo para vender no Sertão. E você?

— Um lote de joias e pedras preciosas que comprei no Sertão e vou vender no Brejo.

— Pois seja feliz e muito obrigado pelo aviso. O pessoal não está fardado não?

— Não, se estivesse era fácil saber... Estão vestidos como cangaceiros.

O mascate continuou seu caminho e Malaquias disse a Miguel:

— Continue aqui, por essa estrada velha, que eu vou à estrada ver se encontro esse pessoal para descobrir quem é.

Torcendo as rédeas do "Rei de Ouro", Malaquias Pavão cortou o mato e dirigiu-se para a estrada real. Realmente o mascate não mentira e logo ele avistou um troço de gente armada que caminhava a pé, no mesmo sentido em que eles. Ele apressou um pouco o passo do "Rei de Ouro" e fez como se fosse passando casualmente pela tropa. Ao chegar à frente, vendo que o comandante do grupo era um oficial, tirou o chapéu de couro sem voltar muito a cabeça, num gesto cheio de dignidade e consideração, e ia passando quando o homem gritou:

— Ei, você aí! Pare e venha cá.

— Bom dia, Seu Tenente! O que é que há? — falou Malaquias, calmo.

— O que é que há? Você ainda pergunta? Que diabo de figura é essa que você está fazendo? De gibão, chapéu de couro, manto nas costas... Que diabo é isso?

— Eu vou aqui no caminho de Gurinhém, vou tomar parte numa cavalhada.

— E esse manto?

— Não é o manto da cavalhada? Faço, nela, a parte do Conde Lamberto de Bruxelas, do cordão azul.

— Que conversa é essa... Você está vestido assim é por política. Qual é a sua?

— O senhor está com os galões de Tenente. É da Polícia?

— Você não tem nada com isso. Vamos, diga logo! Qual é a sua política? De que lado você está? Do Coronel José Pereira ou do Governo do Doutor João Pessoa?

— Meu amigo, eu não tenho política nenhuma, estou do lado do povo e das mulheres. Com quem é que estão as mulheres? Com quem é que está o povo?

— O povo está com o Doutor João Pessoa.

— Pois é com quem eu estou também. Viva o Doutor João Pessoa!

— Viva! — gritaram todos, e Malaquias respirou aliviado.

Mas o tenente ainda insistiu:

— De que cor é esse manto?

— Azul, sou do cordão azul, na cavalhada.

— Parece verde, e verde é a cor do Coronel José Pereira.

— É porque a cor está meio desbotada. Seu Tenente, o senhor e seus soldados gostariam de tomar um gole da malvada? Tenho aqui o copo e um cantil, dá um gole para cada um!

— Ah, que gentileza essa sua!

O copo e o cantil de Malaquias passaram de mão em mão e de boca em boca. Quando o último homem bebeu, o tenente falou de novo:

— Olhe, Sr. Conde Lamberto de Bruxelas, em troca de sua gentileza vou lhe fazer um favor. Quando a gente passou no Pilar, uma moça bordou essa bandeira vermelha para a gente. Vermelho é a cor do Doutor João Pessoa. Prenda isso no arção de sua sela e leve como garantia, porque você encontrando uma tropa mais esquentada da Polícia e vendo você vestido assim, pode pensar que é cabra do Coronel José Pereira e você se lasca.

Entregaram a Malaquias uma bandeira, mais comprida do que larga, presa a uma vara de marmeleiro, que ele fixou ao arção da sela, como lhe tinha sido recomendado. A bandeira era preta e vermelha, com a palavra "NEGO" escrita em branco no meio. Malaquias perguntou:

— O que é isso que tem escrito na bandeira? É "*nêgo*"?

— Não, é "*négo*"! Foi assim que o Presidente João Pessoa telegrafou ao Presidente da República.

— Esquisito, não é? Mas cada um telegrafa como quer, não é verdade? Muito obrigado, Seu Tenente. E olho vivo por essas estradas acima! Outro dia vi passar por perto do Pilar uma tropa de vendedores de aguardente sem selo. Olho nessa canalha, que vive enganando o Estado.

— Minha obrigação é outra: dos aguardenteiros quem deve cuidar são os fiscais, e eu não sou cobrador de impostos não!

— Faz muito bem, Seu Tenente, gosto de ver um homem de opinião. Até logo e muito obrigado!

Esporeando o "Rei de Ouro", Malaquias deu uma boa galopada que o distanciasse da Polícia e, entrando de novo no mato, foi sair novamente na estrada abandonada. Olhando o chão, notou pelos rastros que a tropa de Miguel Biôco já passara. Esporeou novamente o "Rei de Ouro" e encontrou o secretário pouco adiante.

— Estão ali mesmo; vamos adiantar um pouco a tropa e tomar esse mesmo caminho, porque eles vão atrás é de acabar as eleições no Sertão, em Teixeira e em Princesa.

XX

Estavam já numa terra agrestada, quando avistaram a cidadezinha de Itabaiana. Malaquias, que voltara a viajar num burro, montou novamente no "Rei de Ouro" e disse a Miguel:

— Itabaiana está ali. É uma rua grande, e ninguém conhece a gente. O negócio vai ser lá. Esconda a tropa de burros e faça tudo como combinamos.

Pegando pela rédea um burro carregado de folhetos, de retratos de Padre Cícero e da Garrafada Capeconha, Malaquias encaminhou-se para a rua, onde havia feira. Chegando num lugar concorrido, uma espécie de praça-centro, amarrou o "Rei de Ouro" e o burro num toco-de-amarrar-jumento que havia por ali, espalhou no chão as garrafas do Elixir de Capeconha, os retratos do Padre Cícero e os folhetos e começou a sua propaganda.

— Povo de Itabaiana! Meus parabéns a todos! Estou dando os parabéns porque acabou-se o sofrimento desta terra patriótica! Malaquias Pavão, ou melhor, Dom Malaquias Pavão, Conde de Hoel de Nantes, trouxe para vocês a salvação para os males do corpo, com a maravilhosa Garrafada Capeconha, o Elixir do Amor, da Saúde e da Coragem! A salvação da tristeza, com os melhores folhetos vendidos no Sertão! E a salvação dos males da alma, com os retratos milagrosos do nosso santo Padrinho Padre Cícero do Juazeiro! Olhe o retrato de Padre Cícero! Olhem aqui os folhetos! Olhe a Capeconha! *Ca*, de catuaba, *pe*, de quebra-pedra, *conha*, de pepaconha! Olhe aqui o folheto sobre o boi de Minas! Cuidado, meu povo, só comam carne de boi do Sertão! Está correndo a notícia de que carne dos bois de Minas é uma coisa horrorosa: comendo dela, nasce barba nas mulheres e os homens amunhecam, "falam fino e vestem saia pr'amorde sair com vida". Olhem aqui o que diz o folheto:

"Um casado que morava
lá por perto de Campina,
era ativo, cem por cento,
com sua esposa Regina;
porém agora mudou,
e no amor fracassou
por causa dos bois de Minas.

Tinha um rapaz que dizia:
'Eu não posso ver menina!
Porque fico arrepiado
que só bode na campina!'
Pois agora é dorminhoco,
ficou amarelo e choco
por causa dos bois de Minas.

Coitado! Falava grosso
que só ronco de Usina;
porém agora ele está
com a fala falsa e fina.
E tão depressa mudou
somente porque provou
da carne dos bois de Minas."

Dentro do povo, alguém perguntou:

— Seu Conde Dom Malaquias, e quem já comeu do boi de Minas, o que é que faz?

— Compra uma garrafa do elixir: a catuaba garante. Por quê? O cavalheiro comeu?

— Eu não, vôte! Mas quero me garantir. Quanto custa uma garrafa?

— Seis mil réis!

— Está doido, homem! Uma garrafa de qualquer elixir, aqui, é de dez tostões!

— Mas essa é especial, é uma garrafada recomendada por Padre Cícero!

— Pra lhe falar com franqueza, prefiro amunhecar.

— Cada um com seu gosto, freguês! Quer comprar esse folheto? Deve ser ótimo para o cavalheiro: chama-se *O Encontro de Manuel Mole com o Negro Chico Duro*!

Apareceu uma rapariga:

— Ó Seu Malaquias Visconde!

— Dom Malaquias Pavão, Conde de Hoel de Nantes, para servi-la! Que é, minha filha? Está lhe nascendo barba? Quer o elixir?

— Não senhor, o elixir é muito caro... quero um folheto, mas não sei qual escolha...

— Aqui tem dois, ótimos, para você: *O Encontro da Velha que Vendia Tabaco com o Matuto que Vendia Fumo* e *A Mulher dos Doze Maridos.*

— Está bem, quero todos dois...

— Gulosa!

— Quanto custa?

— Para você, é de graça! Mas de noite eu quero lhe fazer uma visita lá no Lasca.

— Aonde?

— No Lasca. O Lasca, na minha terra, é a zona das mulheres-damas, o lugar das alegrias.

— O daqui chama-se o Carretel.

— Pois de noite eu vou lá, pra você me enrolar no seu!

A mulher afastou-se, rindo, e Malaquias continuou:

— Chega, meu povo! É possível que ninguém compre o elixir? É um favor que estou fazendo a vocês, e ninguém quer. O povo daqui quer ir para o inferno, é? Ninguém quer comprar um retrato do meu Padrinho Padre Cícero?

Nesse momento, arrimado às muletas do paralítico de Alagoa Grande, chegava ninguém mais ninguém menos do que o nosso Miguel Biôco, com um ar lastimável de aleijado e penitente. Chegando-se para o grupo onde estava Malaquias, falou:

— Louvado seja Nosso Senhor Jesus Cristo!

— Para sempre seja louvado! — falou Malaquias com ar devoto e persignando-se. — Quem é você, devoto? Você é daqui?

— Sou não, devoto, sou das bandas de Santa Rita e vou aqui, em procura do Juazeiro, para ver se meu Padrinho Padre Cícero me bota bom dessas pernas.

— Mas devoto, você, assim, aleijado, fazer essa viagem? Está viajando a pé?

— É, vou por aqui me arrastando como posso...

— Pois dê graças a Deus, porque talvez hoje sua viagem se acabe.

— Por que você diz isso, devoto?

— Ah, devoto, é porque eu tenho aqui a Garrafada Capeconha, o Elixir do Amor, da Saúde e da Coragem, que pode lhe curar.

— E esse remédio é poderoso assim?

— Poderoso nesse mundo, devoto, só é mesmo Deus, e abaixo dele, meu Padrinho Padre Cícero. Você é devoto dele?

— Sou.

— Pois sua fé pode curar você. Sua fé, o elixir e uma oração feita por ele para os casos de doença grave. Você quer um frasco?

— Quanto custa?

— Seis mil réis; mas para você, como é aleijado e devoto de meu Padrinho, posso fazer por cinco.

— Tome lá, não custa nada fazer a experiência. O senhor garante que eu fico bom?

— Homem, pelo menos uma melhora boa, eu garanto! Mas espere: para esses casos de aleijado, a primeira dose deve ser grande e tomada com a oração do Padre Cícero. Tire a rolha da garrafa!

Miguel obedeceu.

— Agora, bote na boca e vá bebendo devagar, como quem bebe cachaça na garrafa!

Miguel ia obedecendo, exatamente como tinha feito o paralítico, e Malaquias, seguindo lealmente o traçado da encenação, gritou:

— Não! Agora não! Tem primeiro que se dizer a oração:

"Pelo sol velho da Terra,
pelas Pedras do Sertão,
pela Coroa e os Cravos,
pelo sangue da Paixão,
pelas Estrelas e Bichos,
por meu Padrim Padre Cícero,
pelo Sino-Salomão!"

Enquanto Miguel bebia, Malaquias passou por ele e, do mesmo jeito, tirou as muletas. Quando Miguel acabou de beber, o povo estava estatelado e houve um silêncio completo. Malaquias, sempre obediente à encenação, perguntou:

— Como está se sentindo?

— Um pouco melhorado.

— Então vá para casa e se deite.

E, depois de ter esperado que Miguel andasse uns três ou quatro passos, disse Malaquias:

— Ei, devoto!

— Que é?

— Você se esqueceu das muletas!

— Estou curado! — gritou Miguel, com um pouco mais de exagero do que Malaquias desejava. Pegando as muletas, jogou-as fora, num gesto teatral: — Estou bom! A garrafada me curou!

O bafafá foi o maior do mundo. Miguel gritava:

— Esperem, deixem eu passar. Quero beijar essa mão abençoada que me curou!

— Que é isso, devoto? Quem sou eu para merecer isso?

— E como é que vou pagar a você, meu santo?

— Não quero nada para mim. Mas se você não quer mais essas muletas velhas, me dê, que eu quero botar nos pés da imagem de Nossa Senhora, na Igreja do Juazeiro.

— É um santo! É um santo! — diziam por todo lado.

— Que santo que nada, meu povo! Quem curou o homem foi meu Padrinho Padre Cícero, eu só fiz dar a garrafada e dizer a oração! Olhe o retrato de Padre Cícero! Olhe a milagrosa Garrafada Capeconha!

Venderam tudo.

XXI

Encontrando-se na estrada, num lugar que tinha sido previamente combinado, Malaquias Pavão, ou melhor, Dom Malaquias Lamberto, Conde Pavão de Bruxelas, e seu estribeiro Miguel Biôco continuaram a viagem. Foram encontrar os burros pastando tranquilamente, no lugar escondido da caatinga em que Miguel os deixara. Tirando as ancoretas e colocando-as de novo nos ganchos das cangalhas, os dois conversavam:

— O que me dói, patrão, é a gente ter que andar ainda tanto para conseguir colocar a cachaça. Por que não procuramos vendê-la por aqui mesmo? O mercado de Itabaiana eu já vi que é bom...

— É bom com milagre! — disse Malaquias. — E como é que eu ia arranjar um milagre com cachaça? Não tem jeito não, o negócio é vender mesmo no Sertão: lá, a vigilância é menor, e, além disso, a cachaça do Brejo é mais valorizada. O jeito é pegarmos mesmo a Serra do Teixeira e, de lá, cruzarmos a Espinhara.

— Vai ser duro, patrão! A guerra começou, e o Sertão velho está sendo atravessado por todo lado por volantes, cabras e as balas de rifle zunindo nas pedras! E se a gente morrer?

— Que é que tem isso para um Conde como eu? Morra eu como morrer, terei morrido gloriosamente, na defesa de meu País e de minha honra!

— Na defesa do País e da honra? Vendendo cachaça sem selo?

— Não interrompa; nosso negócio de cachaça é uma coisa, morrer pela honra e pelo País é outra. Vamos embora e deixe de ser mole!

— O que acontece é que eu não tenho honra nem sou nenhum Pavão!

— Você? Seu nome é Miguel Biôco. Você sabe o que é que quer dizer Biôco?

— Não.

— É "falsa modéstia".

— Eu sempre pensei que Biôco queria dizer "azar".

— Pois é "falsa modéstia". Você diz que não é um Pavão, por modéstia. Então você acha pouco ser Dom Miguel Biôco, o Falsa Modéstia, estribeiro de Malaquias Pavão?

— Não! — disse Miguel empertigando-se.

— Então vamos. Vamos morrer pelo nosso País, por nossa honra e por nosso Sertão! E cuidado para a cachaça não se derramar!

Picando as montarias e tangendo os burros com sua preciosa carga, o Conde e seu estribeiro continuaram viagem. A paisagem se tornava cada vez mais áspera e grandiosa. Pedras surgiam por todo canto. E logo uma nova aventura iria aparecer para os nossos heróis. Sucedeu que, a certa altura da viagem, ouviram um tiroteio. Era ali bem perto. Algumas balas começaram a assoviar por cima dos dois, que desmontaram rapidamente e, arriscando a vida, começaram a arriar as ancoretas. Ao mesmo tempo, iam sustentando os burros mais timoratos que queriam correr e amarrando-os aos troncos de marmeleiro. Quando salvaram toda a aguardente e amarraram todos os animais — Malaquias tinha conseguido fazer com que o "Rei de Ouro" se deitasse —, deitaram-se por sua vez, amparando-se por trás de umas pedras.

— Morrer pela honra e pelo País. É isso? — disse Miguel Biôco, resmungando.

— Cala a boca, Miguel Biôco! Que besteira essa sua! Isso aqui está tudo reminado, começou a tal da Revolução. Numa Revolução é assim que a gente morre, indo comprar carne, vendendo cachaça, comprando penico... É tudo feio e desorganizado. Eu sei disso, mas gosto de inventar essas coisas bonitas, dizer que estou me arriscando por minha honra e minha Pátria. É preciso dizer umas coisas assim para ajudar a coragem da gente e a boniteza do mundo. Porque se a gente não mentir um pouco, essa vida fica uma merda danada!

Depois de Malaquias ter dito essa frase, sábia, mas um pouco imoral, notaram, de repente, que o tiroteio tinha cessado. Malaquias botou a cabeça de fora. Uma bala passou assoviando. Mas foi a última. Esperaram um pouco, certificaram-se de que era verdade e de que não vinha mais bala nenhuma. Então Malaquias montou no "Rei de Ouro" e, tendo antes o cuidado de tirar o estandarte vermelho da sela, encaminhou-se para o lugar do tiroteio. Pela estrada, foi encontrando uma porção de gente morta. Seria da Polícia? Seriam cabras do Coronel José Pereira? Por enquanto era impossível saber, porque tanto as tropas da Polícia quanto os rebeldes de Princesa se vestiam de modo parecido — camisa "gandola", alpercatas de rabicho e calça cáqui. Então, Malaquias chegou ao lugar que parecia ter sido o campo do grosso do combate, porque era ali que estava o maior número de mortos.

Tudo indicava que aquela tropa sofrera uma emboscada bem planejada: os primeiros tiros tinham sido dados nas últimas fileiras, matando aqueles primeiros que Malaquias encontrara; mas, à medida que o pessoal, por instinto, ia se juntando, tinham atirado no grosso. Era ali que o pessoal estava agora, espichado ao sol e embebendo de sangue a poeira da estrada. Malaquias parou o cavalo e ficou olhando o grupo. Esperava reconhecer nos mortos algum dos soldados a quem servira cachaça, porque assim saberia com certeza que eram da Polícia. Mas se eram, deviam ser de outra volante, porque ele não reconheceu ninguém. Infelizmente para ele, enquanto olhava, balançando filosoficamente a cabeça, distraiu-se e não viu que um grupo de gente armada — certamente os que tinham botado a emboscada — tinha se aproximado, sorrateiro, saído rastejando de trás de todas as pedras e grotas que havia por ali, de tal jeito que agora ele estava cercado.

— Não se mexa não que morre, cabra! — disse uma voz.

Malaquias virou-se e viu que estava cercado de fisionomias cerradas, impenetráveis e hostis.

— Olhe, vá logo dizendo quem é você e o que está fazendo, seu cabra safado!

— Sou Malaquias Pavão, vendedor de folhetos, garrafadas e retratos de meu Padrinho Padre Cícero, e vou por aqui em procura do Taperoá, onde vou tomar parte numas cavalhadas.

— Vai para uma cavalhada no Taperoá? A convite de quem?

— Do Major Jocelino Villar.

O homem que parecia ser o chefe trocou um olhar com seu ajudante de ordem e voltou a perguntar a Malaquias:

— E você é a favor de quem?

— Eu sou a favor do povo e das mulheres.

— Eu estou perguntando é na política! Com quem você está? Com o Coronel José Pereira e os Sertanejos, ou com o Governo?

— Com quem é que o povo está, meu amigo?

— Com o Coronel José Pereira!

— Pois é com ele mesmo que eu estou. Não está vendo aí o manto verde não?

— Isso é azul, o manto do cordão azul.

— Azul e verde é quase a mesma coisa. Uso assim, meio azul, porque senão a Polícia pode me matar. Viva o Coronel José Pereira!

— Viva! — gritaram os cabras.

— Você precisa compreender que nem todo mundo tem coragem como você não! Por dentro, meu coração é verde e está com o Coronel José Pereira, mas por fora, tenho que manter somente o manto azul, para escapar da Polícia. Aliás, tenho uma coisa a perguntar. Vocês não querem tomar uma boa lapada, não? Acho que depois dessa briga é bom, pra espalhar o sangue. Tenho aqui dois cantis e um copo. Vocês não querem não?

— Opa! — disse o chefe. — Cachaça aqui, numa hora dessa, é vinda do céu!

— É de cabeça e é do Brejo, essa malvada! Tomem!

Quando todos tinham bebido, o chefe disse:

— Ah uma cachaça dessa lá em Princesa! Isso lá valia ouro! Mas quem é que tem coragem de passar pelos piquetes da Polícia que estão cercando todo mundo?

— É verdade! — disse Malaquias, pensativo. — Mas me diga uma coisa — disse ele, iluminando-se de repente —, vocês não têm saído?

— Ah, de Princesa a gente entra e sai quando quer!

— Então, dá pra passar! Agora me diga: se eu tivesse coragem de ir lá, levar uma partida de cachaça, o coronel deixava eu vender?

— Ah, deixava! O coronel é homem fidalgo, amigo de seus homens... Ele não impedia de jeito nenhum!

— E você me dava um papel pra eu passar pelas tropas do coronel?

— Não precisa não! Você não viu como a gente lhe respeitou?

— Sim, mas com uma carga de cachaça, pode ser que respeitem minha vida, mas tomem a malvada.

— É verdade!

— Pois me dê um salvo-conduto. Você tem autoridade pra isso?

— Tenho, tenho demais. Como é que você quer?

Malaquias passou para o rapaz uma caderneta e um lápis.

— Eu dito e você escreve. "*O Portador, Malaquias Pavão, pode passar por nossas tropas com a encomenda que vai levando para a Princesa do Coronel José Pereira.*" Agora, assine.

O rapaz assinou e Malaquias, olhando a assinatura, disse, boquiaberto:

— Luís do Triângulo! O senhor é que é o famoso...

— Capitão Luís do Triângulo, Chefe do Estado Maior do Território Livre da Princesa Isabel!

— Pois eu tenho muita honra em conhecer o senhor!

— Obrigado, Malaquias. Agora, outra coisa: esse é o cavalo mais bonito que eu já vi. Quer vender? Qual é o preço dele?

— Capitão, esse cavalo não tem preço não, porque não se vende de jeito nenhum. Esse aqui é o "Rei de Ouro", o cavalo mais bonito do Sertão. Como é que eu posso vender um cavalo desse?

— Tem razão e eu dou. Se eu tivesse um cavalo desse, também não vendia por preço nenhum! Bem, vamos chegando — disse ainda o Capitão Luís do Triângulo. — Mas vou lhe dar um conselho e um presente. De vez em quando, sai um grupo lá de Princesa para dar um bordo pela retaguarda da Polícia, como a gente fez hoje. Assim, vou dar a você esta bandeira verde: bote no arção de sua sela. É garantido para as tropas da gente.

— E se a Polícia me pegar?

— Diga que está sob a proteção do Coronel José Pereira, do Território Livre e da bandeira de Princesa. Basta isso: ela afraca e deixa você em paz. Entendeu?

— Eu entendi, Capitão. Agora: a Polícia já entendeu também?

— Já! Ela anda com tanto medo da gente, que basta dizer isso. Tome!

— Muito obrigado e até à vista! — disse Malaquias, colocando a bandeira verde no arção da sela.

Sem esperar mais nada, picou o "Rei de Ouro" com a espora e, tomando um atalho, voltou sobre os próprios passos, indo encontrar Miguel.

— Eram os cabras do Coronel José Pereira — disse ele a Miguel. — Lascaram a Polícia ali, numa emboscada. Isso por aqui está pegando fogo. Vamos quebrar a estrada pelo caminho de Teixeira, pegando o Jerimum, para daí entrarmos na Espinhara, porque para os lados de Imaculada, Água Branca e Tavares está tudo empiquetado, ora pela Polícia, ora pelos cabras. Vamos aproveitar a feira do Jerimum.

— Vai tentar o golpe do milagre? Pra quê, se vendemos todo o estoque da garrafada?

— Não, tenho outro plano. Me dê as ancoretas divididas.

Silenciosamente recarregaram os burros e retomaram o caminho.

XXII

Tendo contornado Teixeira para não entrarem na cidade, onde só há pouco tempo a paz tinha sido restabelecida, Malaquias e Miguel, com sua preciosa carga, passaram, depois de almoçarem à sombra de uma pedra, pelo Tendó — que, como todos sabem, é o lugar mais bonito do mundo — e, descendo a gloriosa Serra do Teixeira por entre aquela paisagem grandiosa, áspera e agreste, cheia de pedras, chegaram a um lugarejo chamado o Jerimum, que existe entre Teixeira e Patos. Era a primeira vez que por ali passavam, de modo que não sabiam que, por um feliz acaso, ali havia condições para venderem toda a carga de uma vez, às claras, sob a proteção das autoridades constituídas.

E é o que vamos narrar. Chegando lá, Malaquias espalhou a única mercadoria que ainda lhe restava — e que eram os folhetos — e deixou assim, de lado, como se fosse por acaso, as duas ancoretas divididas que ele tinha mandado fazer e que estavam carregadas de modo diferente, a metade com água e a metade com cachaça. Novamente começou sua gritaria habitual:

— Chega, meu povo! Chega comprar os melhores folhetos que existem por aqui. Folhetos do Juazeiro, Caruaru, Mossoró e Campina Grande! Folhetos patrióticos, morais, sem cacofonia, sem pornografia, contra a tirania, contra a plutocracia, contra a autocracia e a favor da povocracia! *O Príncipe Zeino e o Espelho Misterioso*! *A Mulher dos Doze Maridos*! Ouçam aqui um verso pra ver se não é bom:

"Essa mulher de quem falo
era uma fulana bela,
que tinha boas cadeiras
e uma grande titela.
Casou-se com um jornalista
que era doido por ela.
Porém como o jornalista
não era bom na caneta,
terminou foi derramando
toda a tinta na gaveta,
e assim o pobre coitado
logo bate a caçoleta.

Ela casou com um músico
e ele, depois de casado,
não podia com a patroa,
jamais viveu descansado:
tanto tocou clarinete
que esticou, sufocado."

— *Uma Esposa Depravada e um Cidadão Honesto*! *O Exemplo do Matuto que Vendeu a Alma a Satanás*! *A História do Rapaz que Virou Cavalo*! *As Palhaçadas de uma Velha Vendendo Tabaco*! Olhe aí, aviso aos Sertanejos: o resultado de quem come do boi de Minas! Só comam carne do Sertão daqui, que é carne sustanciosa! A de Minas amunheca os homens e dá barba nas mulheres!

Tendo vendido diversos folhetos com essa propaganda, Malaquias descobriu entre os circunstantes a indispensável rapariga que circula em todas as feiras do Sertão.

— Ah, minha filha, você está aí? — perguntou ele com intimidade. — Tenho aqui dois folhetos maravilhosos para você: *Do Banho da Beira da Praia* e *A Sorte de uma Meretriz*! Ouça:

"A filha de João Veloso
se abraçou com seu gostoso.
Ô que namoro seboso,
coisa pra se anarquizar.
Porque ela foi dar ar
no pneu e deu um grito,
rasgou-se a bomba no pito
lá no banho à beira-mar."

— Ah, eu não quero esse folheto não, que ele é muito safado.

— Como é? — disse Malaquias, espantado.

— É isso mesmo, eu sou mulher-dama mas me dou ao respeito! Sou alegre, mas sou mulher de fé e de religião.

— Eu também, dona, faço minhas capiloçadas mas sou devoto de Nossa Senhora. O que é que tem uma coisa a ver com a outra? Uma coisa é a religião, outra é alegria e profissão. Que complicação mais danada essa da senhora!

— Por quê?

— Eu sou devoto, mas gosto do bom comer, do bom beber, do bom mexer... A senhora é toda triste, toda severa...

— Eu não! Eu não disse que sou devota mas sou alegre? Mas não gosto desse negócio da "sorte duma meretriz"! Meretriz uma pinoia!

— Pois não leve esse! Leve aqui o *Dicionário dos Namorados* e *Um Cidadão Generoso Traído pela Consorte*.

— Está bem. Quanto é?

— Para você, minha filha, é de graça! Agora, de noite, eu quero visitar você lá no Rasga!

— Já sabe do nome, hein?

— Foi a primeira coisa que perguntei quando cheguei aqui. Até lá. Mas nada de cara amarrada, viu?

— Está certo.

— Que complicação! — disse Malaquias, enquanto ela se afastava.

— O senhor só se espanta porque não conhece ela como a gente — disse o circunstante. — Essa mulher é conhecida aqui como Claudemira Minha Santa!

— É porque eu não tenho mais aqui nenhum frasco da Garrafada Capeconha, senão eu dava jeito a ela.

— Que garrafada é essa? — perguntou o homem.

— Uma garrafada feita na base da catuaba, quebra-pedra e pepaconha, o Elixir do Amor, da Saúde e da Coragem!

— E esse elixir é poderoso mesmo? — perguntou um rapaz de voz aflautada.

Malaquias olhou-o de alto a baixo e perguntou:

— Por que você pergunta, meu santo?

— Porque, se ele é poderoso mesmo, eu queria que o senhor, outra vez que passasse por aqui, me trouxesse uma garrafa.

— Quem é você, meu filho? O que é que você apita?

— Sou empregado do Rasga.

— Meu anjo, pra seu caso, uma garrafa só não dá, de jeito nenhum! Seu caso é de dose pra cavalo! Ou melhor, de burro, que não faz menino!

— Eu queria ter saúde e coragem!

— Pra quê, se você não é do amor, meu santo? Mas não fique desgostoso não, tome aqui esse folhetinho e leve como consolo. É a *História de Balbina: Parece Mulher, Mas Não É.*

***

Daí a pouco, apareceu o fiscal da Prefeitura, acompanhado do sargento subdelegado, e que vinha especular sobre as vendas e negócios de Malaquias. Mais uma vez desenrolou-se a eterna luta de Malaquias com as autoridades:

— Quem é você, meu camarada? — interrogou o fiscal.

— Sou Malaquias Pavão.

— De onde vem?

— Do Brejo.

— Você é de lá?

— Não senhor, sou de Taperoá, mas moro no Brejo.

— Onde?

— Na Alagoa Grande.

— Qual é seu negócio?

— Vender folhetos.

— O que é que traz nessas duas ancoretas?

— Água de beber.

— Você tem o recibo do imposto e da coleta que deve ao Estado?

— Mas Seu Fiscal, o Governo do Doutor João Pessoa até pra se vender folheto quer cobrar imposto? Eu posso pagar o chão da feira, que estou ocupando, mas imposto por folheto!

O fiscal olhou para ele, de má cara, e Malaquias insistiu:

— Quer receber essa mixaria do chão da feira, eu pago!

— Não, que interesse tem isso pro Governo? Mas veja lá, viu? Se eu descobrir que você está com outros negócios por aqui, você se desgraça, viu?

— Outra coisa — interveio o sargento. — O chefe daqui é o Coronel Marcolino, que mora ali naquela casa. O Prefeito é gente dele, de modo que não admito certas coisas!

— O que é?

— Foram me dizer no quartel que esse estribeiro seu entrou hoje aqui chamando o jumento dele de "Seu Prefeito". Trate de mudar esse nome, senão vai pra cadeia e leva uma surra de cipó de boi, está ouvindo?

— Estou, Seu Delegado! — disse Miguel. — E não se incomode não, que o nome já está mudado!

XXIII

Malaquias, guiado por sua boa estrela, tinha armado sua lona bem em frente da melhor casa do Jerimum. Ali morava o Coronel Marcolino, chefe político do lugar, e aquele acaso iria ser altamente propício ao Sedutor do Sertão. Enquanto lá fora, na feira, ele continuava sua venda de folhetos, o Coronel Marcolino, deitado numa rede, pegava num copo e numa garrafa de cachaça colocados ali, no chão. Botou a cachaça no copo, levou-o à boca já com um ar de desgosto, e, experimentando a bebida, engoliu-a, com uma careta de desprezo. Ele gritou para dentro:

— Luiz!

Acudiu um seu afilhado que morava com ele, cria da casa.

— Ô cachaça nojenta, essa que você me arranjou, Luiz!

— Meu Padrinho, isso é cachaça dos engenhos daqui do Sertão, mesmo!

— Eu sei, está-se vendo logo de onde vem essa porcaria! Olhe, vá na venda de meu Compadre Tota e diga a ele que veja se me arranja uma cachaça melhorzinha! Mas vá com cuidado! Afinal de contas, sou o chefe político daqui e tenho que manter a compostura!

— Como é que eu faço, meu Padrinho?

— Leve uma caixa de sapato e traga a garrafa dentro dela. Peça ao Compadre Tota para botar lá dentro, escondida, e venha assim, pro povo não falar!

Luiz saiu, e o coronel tomou outro gole da cachaça, cuspindo-o logo. Tentou de novo e conseguiu engolir.

Enquanto isso, Luiz chegava à rua e passou por Malaquias, que estava dando o novo golpe que planejara, para ir colocando sua cachaça de contrabando. Ele estava apregoando seus folhetos:

— Olhe o folheto! Os melhores romances do Sertão! *A História de Romeu e Julieta*! *O Imperador Carlos Magno e os Doze Pares de França*! *A Donzela Teodora*! *A História de Dona Genevra*! *Roberto do Diabo* e *João de Calais*! *A Mulher que Pariu um Cavalo*!

Luiz passou por ele e entrou numa venda próxima.

Enquanto por lá procurava, remexendo nos estoques da péssima cachaça sertaneja, um homem olhou para Malaquias e perguntou:

— Ainda que mal pergunte, o que é que o senhor tem aí nessas ancoretas?

— Água.

— Água? De beber?

— De beber e da boa.

— O senhor pode me dar um copo d'água?

— Meu amigo, eu, de graça, só dou mesmo conselho. Agora, eu lhe pergunto: você é o quê?

— Como?

— O que é que você faz, o que é que apita?

— Sou almocreve.

— É homem capaz de guardar um segredo?

— Sou, por quê? Tudo isso para me vender um copo d'água?

— O negócio é que isso pode me trazer complicações com as autoridades constituídas.

— Pois venha de lá esse copo! Qual é o preço?

— Só digo depois de você beber. Tome.

E abrindo a ancoreta pelo lado da cachaça, Malaquias botou uma lapada para o homem. Este foi bebendo despreocupadamente. De repente, seus olhos se iluminaram. Ele foi até o fim, terminou, estalou a língua e disse:

— Meu amigo, por essa qualidade de água você pode cobrar o preço que quiser que eu lhe pago satisfeito.

— Eu não lhe dizia? — disse Malaquias, vitorioso.

— Posso avisar a meus amigos?

— Pode. Agora, veja a quem diz, senão a torneira tem que se fechar e eu me desgraço.

— Não tenha cuidado, eu sei como vou fazer.

O homem circulou pela feira, e daí a pouco o lugar que Malaquias tinha escolhido estava cheio de gente. Luiz, que vinha passando com a nova garrafa embrulhada, espantado com aquela multidão, ficou por ali um instante, olhando.

— É o senhor que está vendendo água do Brejo? — perguntava um.

— Sou eu mesmo.

E lá ia a lapada.

— Eita sol da peste! — dizia outro. — Freguês, me bote aí uma boa lapada da água do Brejo pra eu esfriar a natureza, que o calor está grande!

Daqui a pouco chegou outro:

— Esse frio da Serra do Teixeira é danado! Me bote aí um casaco da água do Brejo para eu me esquentar!

Malaquias botou um copo pelo meio. O homem olhou o copo e disse:

— Mas eu queria com as mangas compridas.

Malaquias acabou de encher e o cabra bebeu de vez.

Nisto, chegou por ali um cabra mais afrontado e, na agonia de pedir a água, bateu no afilhado do Coronel Marcolino, a caixa de sapato abriu-se e a garrafa de aguardente caiu no chão e quebrou-se. Malaquias abaixou-se, apanhou o caco maior, olhou o rótulo, depois olhou para a casa do coronel com ar pensativo. Mas a coisa era perigosa e ele calou-se. Luiz, um pouco vexado e encabulado por aquilo ter aparecido assim de repente, aquela intimidade de seu padrinho, deu as costas e entrou em casa. Malaquias seguiu-o com os olhos e continuou vendendo sua água. Daí a pouco, Luiz saía de novo em direção à mesma venda, e voltava com nova garrafa.

— Ei, rapaz! — chamou Malaquias.

— Que é? — perguntou Luiz, desconfiado.

— Venha cá, quer um copo d'água?

— Minha casa é aqui perto, posso beber lá.

— Faço questão, experimente esta! — disse Malaquias.

Luiz bebeu e seus olhos se iluminaram. Pegando um copo de barro que uma velha vendia por ali, pagou-o e disse para Malaquias:

— O senhor pode me ceder outra lapada dessa água do Brejo?

— Com todo gosto! — disse Malaquias, enchendo o copo.

Luiz, com os maiores cuidados, levou-o a seu padrinho. Ao chegar lá, o Coronel Marcolino, sempre com ar aborrecido, perguntou:

— Arranjou, afinal?

— Arranjei, meu Padrinho, mas é cachaça do Sertão mesmo.

— Deve ser a mesma desgraça das outras.

— Acontece que eu trouxe uma novidade aqui pra meu Padrinho.

— O que é?

— Aí na feira tem um homem vendendo uma tal de água do Brejo, que ele tem numas ancoretas.

— Água do Brejo?

— Sim, e eu trouxe um copo pra meu Padrinho experimentar.

O Coronel Marcolino cheirou a água do Brejo. Lambeu-a com a ponta da língua. Emborcou o copo.

— Ah! — gritou ele de pura delícia, e, inspirado, acrescentou:

"Ah, meu Deus, que coisa santa!
É cachaça de cabeça!
O mundo fica virado,
a vida fica revessa,
pois ela bate no bucho,
sobe logo pra cabeça!"

Após esses versos inspirados e de grande pureza popular, dizem os historiadores que o Coronel Marcolino, erguendo o punho fechado para o céu, teria gritado:

— Eita que eu já estou é com a gota-serena!

E arrebatando da mão de Luiz a garrafa com a cachaça sertaneja, tirou a rolha, derramou no chão de tijolo aquela péssima aguardente, acendeu um fósforo e tocou fogo nela. Depois disse:

— Luiz, lave a garrafa para não ficar nem o cheiro dessa porcaria e vá encher ela todinha na ancoreta do homem do Brejo.

— E cadê a caixa de sapato, meu Padrinho?

— Que caixa de sapato que nada, menino! Eu não já disse que estou é com a gota-serena? Leve é outra garrafa, isso sim! Leve, encha as duas, e venha com elas batendo uma na outra pelo meio da rua, que é pra esse povo saber que o Coronel Marcolino bebe quando tem vontade e não dá satisfação a ninguém!

XXIV

Enquanto essas aventuras se desenrolavam na casa do coronel, na feira o fiscal que tinha falado com Malaquias começava a se espantar com a quantidade de gente que encontrava tropeçando. Postou-se na porta da venda do Compadre Tota e, vendo que ninguém estava comprando aguardente por lá, circulou pela feira e encontrou a multidão reunida diante de Malaquias. Seu rosto se iluminou. Foi procurar o sargento e reaproximaram-se os dois. O fiscal, comprando também um copo de barro à velha, aproximou-se. Fez-se um silêncio completo na multidão.

— O senhor não era vendedor de folheto? — perguntou ele a Malaquias.

— Era e sou! Quer algum, Seu Fiscal? Tenho aqui *A Discussão de um Fiscal com uma Fatura*. Ouça aqui:

"Disse o Fiscal: Minha dona
não interessa questão.
Me pague quinze e quinhentos
que eu passo seu talão.
Disse a Velha: Tu és besta!
Pega a reta e queima o chão!

Onde foi que já se viu
pagar-se imposto de tripa?
Hoje eu me acabo na faca
mas não pago essa sulipa.
Posso pagar na cadeia,
depois que passar-lhe a ripa.

Eu posso pagar o chão
porque esse é meu dever.
Porém imposto e coleta
isso é que ninguém me vê.
Não vou tirar dos meus filhos
para esse merda comer."

— Quer um folheto desse, Seu Fiscal?

— Não, quero ver o que é que você está vendendo.

— Água, Seu Fiscal, água do Brejo. O senhor não vai querer que eu pague imposto pra vender água.

— Não, mas quero eu mesmo tomar que o calor está grande.

— Pois não, Seu Fiscal! — disse Malaquias, virando a ancoreta.

O fiscal não esperou nem que ele enchesse: retirou o copo e levou-o à boca.

— É água! — disse ele, escondendo o despeito e a decepção.

— E da boa, água do Brejo. Para o senhor é de graça, porque gosto muito de ser agradável às autoridades constituídas. Quer um copinho também, Sargento?

Sem responder, o sargento e o fiscal afastaram-se de cara amarrada.

XXV

Mal acabara esta cena histórica, Luiz aproximou-se de Malaquias:

— Meu padrinho mandou dizer que quer falar com o senhor.

— Minha velha, me bote o olho aqui nessas ancoretas e nesses folhetos enquanto eu vou ali! — disse Malaquias.

E encaminhou-se para a casa do Coronel Marcolino. Ele estava deitado na rede, saboreando aos poucos a cachaça. Malaquias falou da porta:

— Bom dia, Seu Coronel. Dá licença?

— Pode entrar, rapaz. Foi você quem vendeu a meu afilhado essa água do Brejo das ancoretas?

— Foi, sim senhor.

— Essa aguardente é sem selo?

— Seu Coronel, o senhor quer me desgraçar?

— Que desgraçar que nada, menino! O que eu quero saber é o seguinte: você tem muita dessa cachaça?

— Pouca, umas vinte ancoretas.

— Onde estão?

— Seu Coronel...

— Diga, pode confiar, você está debaixo de minha proteção e de minha palavra.

— Se é assim, eu digo: a cachaça está aqui perto, numa tropa de burros que eu deixei escondida no mato.

— Vá buscar. Eu compro toda.

— E o fiscal, Seu Coronel? E o sargento?

— Eu ligo lá pra fiscal e pra sargento, rapaz! Eu não estou dizendo que a essa altura eu já estou é com a gota-serena?

XXVI

Malaquias, saindo da casa do coronel, gritou para o secretário:

— Miguel, vamos buscar a tropa de burros, com a cachaça!

Miguel, espantadíssimo com a imprudência do patrão, seguiu-o sem dizer palavra. E dali a alguns instantes, lá vinha Malaquias Pavão, montado no "Rei de Ouro", puxando a fila dos burros e das ancoretas, com Miguel, de cerra-fila, atrás de tudo. Malaquias, diante do povo espantado, vinha gritando:

— Olha a cachaça! Olha a cachaça do Brejo!

Parando diante do quartel de Polícia, onde também funcionava a cadeia, esbarrou o "Rei de Ouro" e gritou para dentro:

— Olha a cachaça sem selo!

O sargento, furioso, embalou a Polícia e saiu no encalço dele; o fiscal também se aproximava e foram alcançar a tropa de burros na praça, já diante da casa do Coronel Marcolino.

— Cachaça sem selo, Sargento! Cachaça sem selo, Seu Fiscal! Mas, para não ficarem zangados, guardei aqui dois folhetinhos para os senhores: para o senhor, Sargento, é *O Crente e o Cachaceiro*. Para o senhor, Seu Fiscal, tenho coisa melhor: para um sertanejo de raça, como eu, um fiscal é mesmo que o Satanás. Eu enganei o senhor, está vendo? A ancoreta era dividida, está vendo? Do lado de cá, cachaça; do outro, água. Mas, para o senhor não se zangar, está aí seu folhetinho *O Exemplo do Sertanejo que Enganou o Diabo*.

— Ah, é assim? — falou o sargento. — Seu Fiscal, apreenda a aguardente e os burros desse safado. Botem os fuzis em cima desses dois cachorros. Isto. Agora, marchem todos dois pra cadeia. Vão entrar no facão e no cipó de boi!

Da porta de sua casa, saiu o Coronel Marcolino, afogueado. Marchou direto para os dois, aberturou o fiscal e, sem dizer palavra, deu-lhe dois abalos, empurrando-o, depois, contra a parede.

— Coronel, isso é uma violência! — disse o sargento.

— É nada! Violência é essa aqui, quer ver? — perguntou o Coronel Marcolino.

E dando um sopapo na cara do sargento, botou-o no chão. Depois, sem nem ao menos olhar os dois, perguntou a Malaquias:

— A cachaça é essa?

— Essa mesmo, Coronel.

— Tem um tonel lá dentro. Descarreguem as ancoretas lá e façam de novo a carga do rapaz. Alguém aí tem alguma coisa a reclamar porque o chefe desta porcaria gosta de cachaça do Brejo?

— Não, senhor! — disse uma voz, e outras acompanharam.

— Deixem uma ancoreta aqui. Uma lapada para todo mundo!

— Viva o Coronel Marcolino! — gritaram todos.

E o Coronel Marcolino, puxando o revólver, deu um tiro para o ar.

O coronel pagou a Malaquias, que contou o dinheiro e colocou-o no cano da bota, e entrou. Erguendo-se da poeira onde estava, limpando a roupa, disse o sargento:

— Que homem violento, esse Coronel Marcolino! Mas gosto dele porque é homem de opinião.

— Eu também — concordou o fiscal. — Só gosto de servir a chefe que tenha coragem. Cabra magro e alto do pulso bom! Danou-me a mão no pé do ouvido, que eu chega caí por cima duns caçuás!

XXVII

Acabada a aventura do coronel bebedor, Malaquias disse a Miguel:

— O negócio acabou melhor e mais depressa do que a gente esperava. Vamos voltar a Alagoa Grande, porque estou com uma ideia formidável. Desta vez, vamos enriquecer de vez, Miguel. Vamos, "Rei de Ouro"! — disse ele, espicaçando o cavalo.

— Vamos, "Governador"! — disse Miguel, picando seu burro.

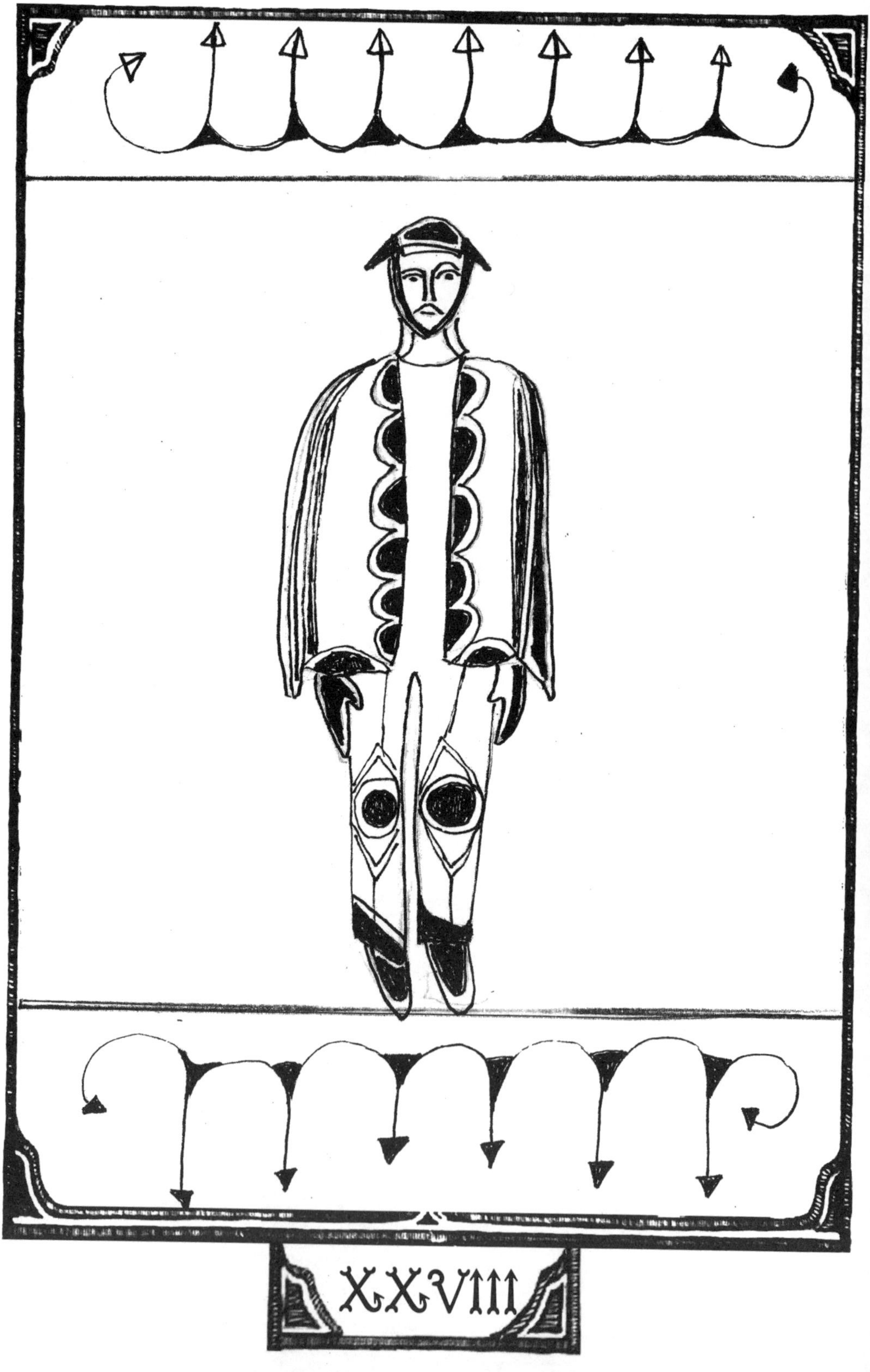
XXVIII

Infelizmente, um homem mal-encarado, que estava no meio da multidão, tinha visto Malaquias receber o dinheiro e colocá-lo na bota. Antes que a cena acabasse como acabou, o homem afastou-se disfarçadamente e, num café do fim da rua, foi encontrar dois outros, a quem chamou com um sinal. Os outros juntaram-se a ele e saíram pela estrada. Mal saíam da rua, porém, tomaram um atalho e foram cortando caminho pela caatinga. O homem narrou aos dois companheiros o que acontecera, dizendo inclusive que, tendo Malaquias declarado que voltaria pela estrada da serra, podiam emboscá-lo adiante. Aquele que parecia ser o chefe dos três tirou um revólver da cintura e viu se a carga estava completa. Os outros dois estavam armados somente de foice: experimentaram os gumes, viram que estavam bons, e, chegando a um lugar que parecia bom, esconderam-se tranquilamente numas pedras e ficaram esperando.

Malaquias e Miguel, sem saber o que estava para lhes acontecer, vinham conversando pela estrada:

— Pois é como eu lhe digo, Miguel — falava Malaquias Pavão. — Agora, de uma vez só, eu vou enriquecer e tomar Silviana daquele safado daquele cavalariano Sinfrônio Perigo. Aquilo é uma figura soturna, não merece aquela mulher de jeito nenhum! A gente vai a Alagoa Grande, paga ao mestre essa cachaça que vendemos agora e pega outra partida. Essa partida, que vai ser a maior de todas, a gente não paga a ele, porque não voltamos lá nunca mais. Assim, tudo que aparecer é lucro, e lucro líquido. Você já pensou na fortuna que vamos ganhar? Você viu o que o cangaceiro disse: "Ah uma cachaça dessa lá em Princesa!" Eles estão cercados pela Polícia, não veem cachaça há muito tempo. Se a gente chegar lá com um estoque, vamos vender por uma fortuna.

— E Sinfrônio Perigo?

— A questão é que Sinfrônio, dessa vez, em vez de somente nos alugar os burros, vai ser sócio da empreitada. Só assim a gente consegue todos os burros para carregar a maior partida de aguardente que o Sertão já viu.

— Mas, assim, vamos ter que dividir os lucros com ele.

— Miguel, não sei o que é, mas tem uma coisa me dizendo na consciência que o coitado do Sinfrônio não escapa dessa viagem. Sei não: com essas estradas cheias de cangaceiros, de volantes da Polícia, sem ninguém saber a que partido Sinfrônio pertence, com a falta de experiência que ele tem dessa política doida que pegou fogo de repente... Sei não, pra mim, Sinfrônio morre nessa viagem.

— Patrão, o senhor tenha cuidado... Pelo tempo que a gente já morou no Brejo, aprendi a conhecer essa gente! Esse pessoal do Brejo é danado de traiçoeiro... Aquele desgraçado daquele cavalariano não larga o rifle de jeito nenhum, e é soturno daquele jeito já é de duro que é. Por que é que ele se chama Sinfrônio Perigo? Isso é nome ou apelido?

— Sei lá, deve ser nome! Mas ele morre, tem uma coisa me dizendo que ele morre! Morre, e eu termino realizando o sonho da minha vida, que é ficar com Silviana pra mim.

— E ela topa?

— O quê? Ficar comigo? Tenho quase certeza que sim, Miguel. Já andei tomando o sintoma e comecei meu plano de ataque. Meu primeiro trabalho foi desmoralizar o marido dela. Insinuei que o desgraçado, com aquele sangue aciganado, é capaz de vender tudo, de trocar tudo. E é mesmo, Miguel: sendo dado de graça, Sinfrônio Perigo aceita até tapa na cara. Ela não quis acreditar, mas eu provei. Avalie que eu dei um anel a Silviana, na frente dele, e ele aceitou, só porque eu dava um também a ele. Eu sabia que, com sangue de cigano, ele não resistia à vista de uma joia, principalmente com pedras brilhando. Ah, Miguel, os olhos do bicho se acenderam quando ele viu o anel! Mas eu, que não sou besta, dei um anel de pedra verde a ela, e um de pedra amarelada a ele; e comprei para mim um anel igual ao de Silviana, com a pedra verde, da cor dos olhos dela. Assim, o noivado dela comigo ficou encandeado no ouro e nas pedras verdes, queira Sinfrônio ou não, exista ou não aquele desgraçado daquele cigano. O negócio é continuar nessa desmoralização do marido. Aquele peste, dessa vez, ou me cede Silviana, ou morre nas estradas do Sertão.

— O senhor tem fé que tudo isso dá certo?

— Tenho, Miguel! Agora, só preciso de sua ajuda! Você me dá?

Depois de refletir um instante, Miguel falou:

— Patrão, eu nunca discuti uma ordem sua. Mas dessa vez vou falar: me diga uma coisa, o senhor tem coragem mesmo pra essa empreitada?

— Tenho, Miguel, por quê?

— O senhor veja que dessa vez não é empreitada pra gente sair com esperteza não! O cavalariano briga mesmo, e tem orgulho da mulher mais bonita do Brejo! Se chegar a hora de se abrir um boi-de-fogo mesmo, o senhor tem coragem?

— Olhe, Miguel, eu já disse uma vez a Silviana e repito aqui pra você: eu não sou de briga não, sou de amor e reprodução. Mas se a briga aparecer pra cima de mim, eu topo. Você me ajuda?

— Ajudo, mas com uma condição. Olhe, do mesmo jeito que o senhor tem sede em Dona Silviana, eu tenho em Maria Cascalha.

— Tá, Miguel, uma coisa que eu não entendo! Um diabo de mulher que parece foi cortada a foice e enxó, em pedra, em miolo de aroeira... Os braços de Maria Cascalha são de pedra, de cascalho castanho, Miguel; e dizem que ela dá azar!

— Patrão, se quer ser meu amigo, não fale da mulher que eu amo. O que eu gosto mesmo nela é aquele jeito soturno! Sempre vestida de preto e só fala por arrancos! O que ela diz, parece que sai cortado pela navalha dos dentes dela! Quero ver como é que aquela mulher geme na hora, patrão! E tenho certeza que, depois da gente conseguir passar por aqueles braços de cascalho, o peito dela é redondo e macio, branquinho e delicado como o de Dona Silviana!

— E o azar, Miguel?

— Isso é invenção! Dizem também que eu sou azarento, o senhor sabia? Mas eu já lhe dei azar?

— Não.

— Olhe aí! E mesmo que eu desse, e ela desse também, dois azarentos juntos dão uma sorte danada a eles! Lascam é os outros!

— Mas aí eu posso me desgraçar! Com um azar só, minha sorte ainda tem podido; mas com dois...

— A sorte de Dona Silviana contrabalança o azar da minha, patrão! Além disso, se a gente enricar mesmo, cada um de nós vai fazer sua vida. Compra-se uma terra, talvez por aqui mesmo, na Serra do Teixeira...

— Não, Miguel, acho que não dou pra isso nunca! Não dou pra casado, nem pra dono de casa de jeito nenhum!

— E se Dona Silviana quiser casar com o senhor?

— Não pode não, porque ela é casada!

— Mas Sinfrônio pode morrer...

— Nesse caso, garanto a você que tenho tanto jeito pra tratar desses casos que passo Silviana nos peitos sem casar. Ficar casado, dono de terra, pra isso não tenho jeito não. Mesmo eu enricando e arranjando Silviana, só sei viver como cigano. E é o que eu vou fazer a vida toda!

— Pois conte comigo, patrão. Agora, a condição é essa: eu não tenho o seu jeito pra falar com as mulheres. Eu topo o negócio. Vou com o senhor tentando chegar em Princesa com a carga de aguardente. Passando pelos piquetes da Polícia. E correndo ainda o perigo de sermos assassinados pelo pessoal do Coronel José Pereira, que pode atirar na gente, sem saber que nossas intenções são boas. Topo mesmo ajudar o senhor a herdar a mulher do cavalariano Sinfrônio Perigo. Mas em troca de tudo isso, o senhor vai usar sua lábia pra conseguir que Maria Cascalha me aceite como homem dela. E lhe digo uma coisa, patrão: eu não sou como o senhor não. Se, com Maria Cascalha, só for casando, eu caso. O senhor topa quebrar aquela pedra?

— Topo. E uma coisa eu lhe digo, Miguel: a cantada que eu vou dar nela pra você vai ser tão bem dada, que ela só não aceita se não tiver no corpo tudo o que uma mulher precisa.

— Deus queira que tudo dê certo! — disse Miguel, persignando-se.

— Vai dar, Miguel, vai dar! A gente vai enriquecer e arranjar mulher com essa cachaça. Vai ser esse o grande golpe da minha vida! Da nossa vida!

— Sim, patrão, vai ser o golpe da mulher e da malvada!

— Certo! A mulher, que é Silviana, e a malvada, que é a cachaça pra Princesa, não é?

— Não senhor. Da mulher, que é Dona Silviana, e da malvada, que é Maria Cascalha, aquele coração de pedra!

XXIX

No momento em que pronunciava essa frase, os três assaltantes pularam de trás das pedras onde estavam escondidos. O que parecia o chefe, pegando na rédea da montaria de Malaquias, apontou-lhe o revólver, e os outros dois, ladeando Miguel, imobilizaram o jumento "Governador". Ao mesmo tempo, ameaçando o estribeiro com as foices, obrigaram-no a saltar no chão.

— O que é isso? O que é isso, pelo amor de Deus? — gritou Malaquias, assombrado, com uma cara realmente lamentável para quem pouco antes se jactava de coragem.

— Desça do cavalo imediatamente! — ordenou o homem do revólver.

— Mas meu amigo, o que é isso, pelo amor de Deus? — disse Malaquias, obedecendo, sob o olhar aterrado, compassivo e, ao mesmo tempo, profundamente decepcionado, enojado mesmo, de Miguel. — O senhor quer me matar?

— Eu quero é o dinheiro que você leva.

— Meu amigo, nós somos dois pobres, veja! O dinheiro que tenho na carteira é muito pouco!

— Eu sei! Com esse, pode ficar. Eu quero é o que você guardou na bota.

— Ah, esse eu lhe peço, por tudo quanto é sagrado, que não tome! Esse dinheiro não é da gente! Nós somos empregados, empregados de confiança de um homem bom, Seu Dinis Quaderna, de Taperoá, e esse dinheiro é do meu patrão! Com que cara a gente vai chegar lá e dizer a ele que perdemos o dinheiro?

— Eu não tenho nada com isso, passe o dinheiro pra cá!

— Meu senhor, eu lhe peço pelo amor de Deus, olhe! Fico de joelhos nos seus pés!

— Seu Malaquias, não faça uma coisa dessa! — disse Miguel, horrorizado.

— Tenha pena do choro de um pai de família! — disse Malaquias, com as lágrimas descendo de duas em duas pelos olhos e abraçando-se aos joelhos do homem do revólver, que, empurrando-o com o pé, jogou-o de cara na poeira.

— Vá pra lá com seu choro e com sua covardia, cabra frouxo! — disse o homem com desprezo. — Torne a chorar e a se agarrar nas minhas pernas de novo pra ver se eu não meto-lhe fogo! Cabra frouxo, safado! E passe logo o dinheiro!

— Está bem! — disse Malaquias, erguendo-se e limpando as lágrimas. — Já vi que não tem jeito não! Vou lhe dar o dinheiro. Mas tenho um pedido a lhe fazer.

— O que é? — perguntou o homem, já impaciente.

— Como eu lhe disse, nós somos empregados de confiança. Mas o patrão não vai acreditar nisso quando eu chegar a Taperoá e contar a ele. Há não sei quanto tempo que a gente viaja e só hoje acontecer uma coisa dessa... Ele vai pensar que a gente ficou com o dinheiro! Ou então descobre que a gente não teve coragem de resistir, e eu vou ficar desmoralizado como covarde em minha terra!

— E eu me importo lá com isso?

— Faça isso pelos filhinhos de um homem que nunca faltou com sua palavra e que conservou o nome limpo até hoje! O que eu lhe peço é tão pouco!

— O que é?

— É que o senhor dê uns tiros aqui nas cangalhas para a gente mostrar ao patrão. Assim, ele acredita que a gente resistiu e que só entregou o dinheiro quando não teve outro jeito! Eu lhe peço pelo amor de Cristo e de Nossa Senhora!

— Está certo! Lá vai.

— Espere, não atire nos burros não! Nem nas ancoretas, porque aí o prejuízo seria grande! Um momentinho, um momentinho!

Tirando, ao acaso, algumas ancoretas, Malaquias colocou quatro cangalhas no chão.

— Atire aqui! — disse ele, apontando o capim da primeira cangalha.

— A bala vai ficar no capim! — disse o homem.

— É isso mesmo que é bom, o povo chega a ver a bala!

— Pois lá vai! — disse o homem.

E atirou.

— Agora, nessa! Aqui! Aqui na outra! Sabe do que mais, meu senhor? Vão-se os anéis e fiquem os dedos! O pessoal ia desconfiar de não ter pegado nenhuma bala nas ancoretas. O senhor tem pontaria para quebrar essa daí?

— Se tenho? Olhe lá!

A ancoreta lascou-se.

— Mas nessa, será que dá para acertar?

— Ah, meu filho, Severino Guariba não erra tiro! Lá vai!

Assim que o homem deu o sexto tiro, Malaquias Pavão, rapidamente, mas tranquilo, puxou um revólver do bolso e matou os dois homens das foices com dois tiros certeiros e rápidos. O homem do revólver apontou o seu para Malaquias e puxou o gatilho, e o cão bateu na casca vazia. Ele, com a cara mais abestalhada deste mundo, ficou na mesma posição, arregalando os olhos e abrindo a boca. Malaquias, calmamente, deu-lhe um tiro fulminante e Severino Guariba foi encontrar seus dois secretários que já estavam esperando por ele, no primeiro marco de pedra da áspera viagem da morte.

— Safados! — disse Malaquias, olhando pensativo os três corpos, já filosoficamente, mas ainda um pouco ressentido.

E abrindo o revólver, soprou o cano, num gesto maquinal de caçador.

— Patrão! O senhor é o maior! — disse Miguel. — Me perdoe eu ter duvidado!

— Deixa de besteira, Miguel, e vamos embora que o sol está esquentando!

Recolocaram no lugar as cangalhas e ancoretas e, atravessando os três corpos na garupa de três dos burros, continuaram a viagem.

XXX

Malaquias Pavão e Miguel Biôco entraram na Vila do Teixeira triunfalmente, chamando a atenção de todo mundo com os três corpos atravessados nas garupas dos animais, e foram direto para o quartel. O tenente, um mulatão achabocado, não escondeu a alegria:

— É o grupo de Severino Guariba, que vinha assaltando todo mundo na estrada do Jerimum. Severino é esse! — disse ele, revirando a cara do homem do revólver. — Esse aqui é Antônio de Santana, irmão dele. O outro, é Pedro Negócio! Cidadão, o senhor é um benemérito!

— Vim deixar os três aqui para que o senhor soubesse e desse a eles sepultura cristã.

— É o que eu não posso fazer! — disse o tenente. — Eles são do Desterro, o caso está afeto ao subdelegado de lá.

— Mas Seu Tenente...

— Lamento, mas é o jeito. Mas não haverá dificuldade nenhuma. O Desterro é no seu caminho. Além disso, o subdelegado é meu amigo e meu compadre. Passe lá e entregue os homens a ele.

— Isso pode dar em confusão comigo!

— Não seja por isso, eu lhe dou uma guia.

— Uma guia?

— Um ofício, para legalizar a mercadoria! Venha cá.

Entraram na cadeia. Das grades, uma porção de presos apontavam Malaquias e Miguel com o dedo.

— Foram esses que deram as contas a Severino Guariba, Tenente?

— Esses mesmos.

O tenente sentou-se numa mesa, tomou a pena e começou a escrever. De repente levantou a cabeça:

— Como é a graça de Vossas Mercês?

— Malaquias Pavão e Miguel Biôco.

— "Malaquias Pavão e Miguel Biôco" — disse ele.

Terminou de escrever o ofício, dobrou-o, entregou a Malaquias e disse:

— Podem ir. Com isso, está garantida a passagem de vocês e o destino do bando de Guariba.

No Desterro, onde entraram causando a mesma sensação, Malaquias entregou ao subdelegado os três corpos e o ofício. O subdelegado leu para eles a obra-prima do delegado do Teixeira, que era a seguinte:

Ao Sargento Subdelegado do Desterro:

Apresento a V.S. os cadáveres Severino Guariba, Pedro Negócio e Antônio de Santana, assaltantes contumazes, sob o comando dos beneméritos cidadãos Malaquias Pavão e Miguel Biôco, falecidos hoje. Dê destino aos defuntos e passagem aos burros. Assinado: Tenente Florentino Barbosa, Delegado do Teixeira.

Malaquias falou para o subdelegado:

— Vossa Senhoria pode me dar esse ofício? Quero guardar como lembrança. Está tão bem escrito e eu gostei tanto do Tenente Florentino! Quer dizer, estou dizendo isso até me arriscando, porque o senhor pode até ser inimigo dele.

— Eu também gosto, ele é meu compadre e padrinho do meu menino. Pode ficar com o ofício.

XXXI

Quando chegaram a Alagoa Grande, era de tarde. Malaquias, com a mudança dos planos e confiando em sua boa estrela, foi logo se portando como se tudo fosse ocorrer segundo planejara. Não encheu as garrafas com o elixir de Capeconha, nem se preparou para os habituais biscates, destinados a lhe aumentar a renda e a esconder o contrabando de cachaça. Limitou-se a esconder a tropa de burros no mato, junto ao riacho, e, acompanhado como sempre pelo fiel Biôco, dirigiu-se à casa de Sinfrônio Perigo.

Quando foi chegando lá, Perigo estava conversando, no oitão da casa, com dois personagens estranhos, vestidos de modo meio apelintrado, ambos com aquela cara de raposa e aquela elegância vulgar de ladrões e escroques da cidade. Via-se logo que aquilo não era gente dali, pelo terno de xadrez e o chapéu de palhinha de um, pelo boné e os sapatos de tênis do outro, que trazia ainda, para agravar isso, uma capa branca de gabardine. Os dois cheiravam de longe a aposta, corrida de cavalos, safadeza e ladroagem. Ao verem Malaquias, despediram-se enigmaticamente de Sinfrônio e afastaram-se, lançando-lhe olhares de través. Malaquias desceu do "Rei de Ouro" e aproximou-se de Sinfrônio.

— Então, de volta? — perguntou Sinfrônio. — Só esperava você amanhã, pensei que ia fazer hoje a feira do Gurinhém.

— Nada de feira nem de Gurinhém. Tenho altos planos, precisamos conversar.

***

Entraram para o terraço, onde Malaquias teve a alegria de constatar que estavam as duas mulheres, Silviana bordando, e Maria Cascalha sentada junto a uma mesinha, onde deitava cartas, com ar soturno, balançando de vez em quando a cabeça num gesto negativo.

— Dona Silviana, meus respeitos! Dona Maria Cascalha, prazer em vê-la! Malaquias Pavão, de volta de sua viagem, beija o chão por onde pisa a mulher de seu amigo e sua dama de companhia!

E Malaquias tirou o chapéu num gesto largo, sob o olhar soturno de Sinfrônio Perigo.

— Estava aqui dizendo a Sinfrônio, Dona Silviana, que dessa vez tenho uma viagem para mudar destino.

— Que é? — disse Silviana, olhando-o com seus doces olhos verdes e seu belo riso franco.

— Estou com esperança de casar nesta viagem, Dona Silviana. Encontrei uma mulher no Sertão. Não é bonita como a senhora, quem seria eu para merecer isso? Isso fica para Sinfrônio Perigo, o homem que tem sorte com os cavalos e as mulheres. Mas a minha tem também os olhos verdes, é alva e dos cabelos castanhos.

— E você vai casar, Malaquias... É por isso que a viagem é de mudar destino? — perguntou Silviana, sob o olhar de Sinfrônio e de Malaquias. Mas seus olhos verdes estavam inteiramente plácidos, enigmáticos. Era impossível verificar neles e no tom da voz outra coisa senão o interesse gentil de uma mulher pelo casamento de um amigo do marido. Mas, se isso era uma vantagem em relação a Sinfrônio, em relação a Malaquias deixava-o um pouco agoniado, porque Silviana absolutamente não tremera a voz ou batera as pálpebras: era como se Malaquias lhe fosse inteiramente indiferente.

— Por isso e também porque espero enriquecer de vez nessa viagem. Isto é, se Sinfrônio me ajudar.

— Ajudar como? Alugando os burros?

— Não, Dona Silviana, desta vez o caso é sério e vim para oferecer sociedade a Sinfrônio.

No momento em que Malaquias disse isso, os olhos pretos e desconfiados de Sinfrônio Perigo fixaram-se em sua mão.

— Que é isso, Malaquias? É um anel?

Malaquias viu que o momento era decisivo. Mas não recuou:

— É. Comprei um para mim, também.

— Você não me avisou disso quando deu os nossos! — disse Sinfrônio, e Silviana olhou-o com olhos que já queriam ser gratos.

— É que eu só comprei o meu agora, no Sertão. É joia de Juazeiro.

— A pedra do meu é amarela, a do seu é verde.

— Eu não lhe disse que os olhos de minha garça são verdes como os de Dona Silviana?

— Sua garça?

— É, é assim que eu chamo a moça de quem eu gosto.

Sinfrônio caiu na gargalhada.

— Esquisito, Seu Malaquias, mas cada um com seu gosto!

— É o que eu digo, Sinfrônio amigo! Olhe, eu trouxe do Sertão um presente para você.

— Não me diga que é outro anel...

— Não, é uma faca de cabo de ouro.

— Malaquias, eu não mereço...

— Tome, está aí.

E Malaquias entregou a ele uma faca embrulhada num papel. Quando Sinfrônio desenrolou a faca, viu que ela estava enrolada em dois folhetos.

— Aqui tem dois folhetos dos seus, Malaquias.

— Ah, tem? Nem vi, peguei o primeiro papel e embrulhei, para proteger a bainha. Mas já que os folhetos vieram no embrulho, fique com eles. O verde é de Dona Silviana, o cor-de-rosa é seu.

— Nada, rapaz, fique com os folhetos!

— Não me ofenda, devolvendo o presente. Agora, é mesmo que devolver a faca!

— Se é assim, fico. Mas pra que eu quero um folheto, se não sei ler?

Sinfrônio deixou os folhetos sobre a mesa.

— É uma beleza a faca, Malaquias. De onde é?

— De Princesa. Foi feita por um armeiro de lá, Liberalquino, mas eu comprei a faca no Desterro.

— Não teve coragem de ir a Princesa não?

— Está doido, rapaz, aquilo está pegando fogo...

— E agora quer ir, levando a maior partida de cachaça que o Sertão já viu...

— Sim, mas agora é para enricar de vez, e vale a pena correr o perigo.

Enquanto os dois falavam, Silviana, disfarçadamente, olhou para Cascalha e esta, também disfarçadamente, pegou os folhetos que Perigo tinha deixado sobre a mesinha e escondeu-os no seio. Silviana, ouvindo a última frase dos dois e certa de que a Cascalha já cumprira a missão, interveio na conversa:

— Então é essa a viagem que vai mudar seu destino, Malaquias? Vai pela mulher ou pela aguardente?

— Pelas duas, Dona Silviana. É como Miguel disse: vai ser "O Grande Golpe da Mulher e da Malvada". Conhece Miguel, meu secretário, Dona Maria Cascalha? É um rapaz interessantíssimo, inteligente como ele só. E rico, tem três jumentos na tropa e é meu sócio.

Maria Cascalha olhou-o e não disse nada. Malaquias continuou:

— Desta vez eu enriqueço, Sinfrônio. E quero dividir os lucros com você.

— Com que interesse, Malaquias?

— A vantagem que levo em você se associar são os burros. Não tenho dinheiro para lhe alugar todos os burros de que preciso não. E além disso, o perigo é grande. Talvez eu não possa nem mais voltar aqui! — disse ele, e teve a alegria de ver que Silviana, por trás de Sinfrônio naquele momento, olhava-o quase interrogadoramente, com seus belos olhos verdes.

— O negócio é muito arriscado! — disse Sinfrônio. — A gente tem que passar pelos piquetes da Polícia que estão cercando Tavares. Têm emboscadas por todos os cantos, tanto da Polícia como dos cabras. E, mesmo que a gente consiga chegar em Princesa, pode ser que o pessoal do coronel não saiba do que se trata e passe fogo na gente.

— Mas também, Sinfrônio, se a gente chegar lá com essa aguardente, vamos ganhar dinheiro que dá para eu comprar uma terra, e você, outra. Você já pensou? O pessoal está lá, em Princesa, cercado. Sertanejo já é doido por cachaça do Brejo. E agora, com a revolta, tudo deve estar faltando. Uma carga de cachaça daqui pode fazer a fortuna da gente, porque eles pagam o que a gente pedir.

— O negócio é muito arriscado. Vou pensar e hoje à noite lhe dou a resposta.

Malaquias ia se retirando, quando Sinfrônio chamou:

— Malaquias!

— Diga, Sinfrônio!

— Olhe, quero avisá-lo de uma coisa: você tenha cuidado no "Rei de Ouro". Você não viu aqueles dois sujeitos que estavam conversando comigo?

— Vi.

— Aqueles camaradas correm prado em Santa Rita e na Paraíba. São apostadores e ladrões como eles só. Vieram comprar cavalos para enganar o pessoal de Santa Rita. Chegaram com um jeito todo disfarçado, mas eu já soube que vinham atrás do "Siricoia" que eu passei ao coronel e do seu "Rei de Ouro".

— Então caiu a sopa no mel, Sinfrônio. Vou vender o "Rei de Ouro"!

— O quê, Malaquias?

— É como lhe digo. Vou casar e deixar essa vida de cigano. Além disso, com a empreitada de Princesa, posso arriscar minha vida, mas não a do "Rei de Ouro".

— Mesmo assim, tenha cuidado. Eles são conhecidos em Santa Rita: chamam a pessoa para beber, e, como têm a cabeça mais segura do que todo mundo, embebedam o pessoal e terminam comprando, roubando, fazendo o diabo.

— Minha cabeça é mais segura do que a deles! — disse Malaquias.

— Malaquias, você é meu amigo! Não se meta com aquele povo não, é gente perigosa, e mais acostumada a beber do que você. Veja que desse negócio de cavalo eu entendo. Pois eles só não me enrolaram porque eu consegui passar o "Siricoia" adiante.

— Sim, mas não se esqueça: você pode entender de cavalo mais do que eu, mas de cachaça eu ganho para você, longe.

Malaquias saiu e Sinfrônio, colocando o chapelão na cabeça, saiu para a rua. Assim que ele se afastou, Silviana foi até Maria Cascalha que, sem uma palavra, retirou os dois folhetos do seio. O amarelo, que Malaquias tinha dado a Silviana, era o *Dicionário dos Namorados*; o cor-de-rosa que ele dera a Sinfrônio chamava-se nada mais nada menos do que *As Desventuras de um Corno Ganancioso.*

XXXII

À noite, no Sapo, Malaquias em plena festa, dançando com a rapariga de vermelho, disse, de repente, sob as vistas dos homens de Santa Rita:

— Pessoal, comunico a todo mundo que achei a mulher da minha vida. Vou me casar! Hoje é minha despedida de solteiro! De amanhã em diante, minha vida se resolve, vai mudar tudo!

— Malaquias, você vai casar mesmo? — perguntou a rapariga.

— Vou, por que não? Estou cansado dessa vida de andanças, pra cima e pra baixo em cima de um cavalo! Vou casar e me estabelecer.

— Vai mesmo? Vai deixar de viajar?

— Vou.

— Então me venda o "Rei de Ouro"! — disse um jovem vaqueiro que estava a um canto, de gibão e tudo. — Você não disse, uma vez, que só acreditassem que você ia casar quando vissem você vender o "Rei de Ouro"?

— Disse. Mas trate logo de arranjar um gibão melhor, porque esse daí não merece o "Rei de Ouro" de jeito nenhum!

— Mando fazer outro em Itabaiana! Mas me venda o "Rei de Ouro", Malaquias!

— Você tem dinheiro, companheiro?

— Conforme. Quanto custa o "Rei de Ouro"?

A música parou e ficou um silêncio completo no salão. Todo mundo sabia que Malaquias não vendia o "Rei de Ouro" por preço nenhum.

— Hein? — disse Malaquias, pondo-se sério. — Você está propondo isso a sério mesmo?

— Estou — disse o rapaz. — Vou a Itabaiana, vendo umas cabeças de gado que meu pai separou pra mim, e o apurado é para comprar o "Rei de Ouro". Quanto custa ele?

Malaquias abaixou a cabeça com grande tristeza. Via-se a luta íntima que ele travava consigo mesmo no momento de negociar o cavalo.

— Cinco contos! — disse depois de dominar o desgosto.

— Está doido, Malaquias? — disse o rapaz. — Cinco contos é preço de meio engenho! Com dez contos eu compro o Engenho da Pedra do Coronel Melânio!

— Pois é quanto custa o "Rei de Ouro" — disse Malaquias em voz apenas audível. — E você não sabe quanto me custa dizer o preço do meu cavalo, mesmo que seja esse!

E deixando de dançar, encaminhou-se para uma mesa onde sentou-se, colocando a cabeça entre as duas mãos. Os homens de Santa Rita, que estavam sentados numa mesa do outro lado, trocaram um olhar e encaminharam-se para a mesa de Malaquias.

— Boa noite! — disse um. — Dá licença?

— À vontade! — disse Malaquias, e os homens abancaram-se.

— Ouvimos o senhor dizer que quer vender seu cavalo — falou o do boné. — Desculpe a curiosidade, mas é o cavalo de sua sela, aquele que o senhor vinha montado quando chegou hoje aqui?

— É aquele mesmo, meu amigo!

— É um bonito cavalo! — disse o homem do terno de xadrez. — Mas por cinco contos não há quem compre. Não quero lhe esconder que esse cavalo nos interessa. Nós dois negociamos com cavalos de prado em Santa Rita e ouvimos dizer que o "Rei de Ouro", além de bonito, é bom nesse negócio!

— Disseram a verdade! — disse Malaquias. — Por aqui, ninguém ganha para o "Rei de Ouro".

— Agora, por cinco contos não há quem lhe compre esse cavalo! O senhor não podia fazer um preço nele? Mas um preço mesmo, um preço para vender!

— Meu amigo, o preço do "Rei de Ouro" é esse. Acredite, porque eu só vou vender obrigado. Minha noiva implicou com o cavalo, acha que eu só deixo de andar pelas estradas me desfazendo dele. É por isso que vou vendê-lo.

— Vamos conversar? — disse o rapaz do terno de xadrez, sentando-se na mesa onde já o outro estava sentado.

— Pois vamos! — disse Malaquias.

— Rapaz, traga cerveja aqui! — disse o homem do boné.

— Cerveja, não, vinho! Não é melhor? — sugeriu Malaquias.

— Topo!

Trouxeram o vinho e começaram a beber. Miguel tinha se pegado numa cantoria com o rapaz do gibão, e o pessoal, em círculo, estava assistindo. Lá pelas tantas, o rapaz do boné, vendo que Malaquias já tinha tomado uma porção de vinho, perguntou:

— Então, quanto custa o "Rei de Ouro"?

— Seis contos! — disse Malaquias.

— Seis? Não eram cinco?

— O senhor diz isso porque não gosta do cavalo como eu! — disse Malaquias, comovido.

E, levando o copo à boca, emborcou-o com ar meio trágico. O rapaz do boné trocou um olhar com o outro, que falou:

— Com licença!

— À vontade! — disse Malaquias.

O homem do terno de xadrez ergueu-se e foi falar com o garção. Chegando lá, disse:

— Companheiro, você conhece Malaquias?

— Conheço.

— Dá-se bem com ele?

— Dou-me.

— É amigo?

— Não, mas não tenho nada que dizer dele.

— Estamos fazendo uma brincadeira com ele: a gente apostou que ele fica bêbado antes de nós. Eu vou voltar para a mesa e pedir conhaque pra nós três. Cada vez que eu pedir, você serve conhaque a ele e guaraná pra nós. Como é da mesma cor, ele não nota. Tome, aqui está uma nota de cem mil réis pra você.

— Mas assim eu vou prejudicar Seu Malaquias...

— Não, não foi aposta de dinheiro não, foi na brincadeira, só pra ver quem é mais forte. Amanhã, você pode dizer tudo a ele.

— Se é assim, topo!

O garção recebeu o dinheiro e o homem voltou à mesa.

— Esse vinho está ruim, fraco demais! — disse ele com ar casual.

— Já tinha notado! — disse Malaquias.

— Além do mais, isso não é bebida de homem macho! Bebida de homem é conhaque!

— Depois de preparado pelo vinho, também acho! — disse Malaquias.

— Isto, assim é que um homem fala! — falou o de boné. — Gosto de beber com um cabra homem da sua marca! Rapaz, traga conhaque aqui para nós três!

— Mas assim é muita despesa! — protestou Malaquias fracamente.

— Nada, é tudo por nossa conta, temos prazer em beber com um homem como você!

Chegaram as doses, e os três emborcaram. Enquanto isso, Miguel, apertado com a cantoria, lançava olhares desesperados para o patrão. Mas este não ligava.

Quando Malaquias emborcou a quinta dose de conhaque, ergueu o copo e disse:

— Bebo à saúde do "Rei de Ouro", o mais belo cavalo melado que já existiu, o cavalo do pelo de ouro e das crinas douradas, bonito como uma carta de baralho e bom como uma chuva de inverno no Sertão!

— Quanto custa o cavalo? — disse o homem do boné, ansioso. — Que diferença você nos faz?

— Diferença nenhuma e preço nenhum! — disse Malaquias calmamente, com ar perfeitamente lúcido.

— Como é?

— O cavalo não tem preço nenhum, não está para vender não!

— O senhor não disse que ia vendê-lo? — perguntou o homem do terno de xadrez, erguendo-se.

— E ia! Eu ia vender o "Rei de Ouro" porque estava liso e queria tomar um bom porre de vinho e conhaque. Vocês já me pagaram o porre, pra que vender o "Rei de Ouro"? — concluiu Malaquias.

E erguendo-se, perfeitamente bom das pernas, gritou:

— Miguel, vamos embora! Cavalheiros, boa noite e muito obrigado pela gentileza!

Deu meia-volta e saiu com Miguel.

XXXIII

Quando Malaquias Pavão saiu, os homens de Santa Rita se entreolharam, logrados, e o homem do boné pronunciou as seguintes palavras enigmáticas:

— O nosso empreiteiro, ou se enganou, ou estava no mondé para nos enganar!

— O que deve estar certo é isso, ele estava no mondé.

— Só há um jeito da gente sair com lucro: vamos denunciar ao Coronel Melânio a ladroeira daquele cavalariano safado. Garanto que ele nos dá dinheiro pela informação e assim a gente pode voltar pra Santa Rita com algum lucro e menos desmoralização.

— Vamos embora! — disse o outro.

Saíram do cabaré onde estavam e, a cavalo, dirigiram-se para o Engenho da Pedra. Era ainda cedo e o engenho mais ou menos perto, de modo que eles chegaram ainda a tempo de pegar o coronel acordado. Ele estava na sala, jogando sueca com sua mulher e outro casal, à luz de uma lâmpada de álcool. Fazia um bocado de frio e os homens chegaram lá estanguidos. A porta estava fechada, mas eles, vendo a luz e ouvindo vozes, incitaram o vigia, que os tinha acompanhado com seu rifle desde a porteira, a bater. O coronel veio abrir.

— Seu Coronel, desculpe virmos incomodá-lo a estas horas da noite. Mas como era um caso de honra para Vossa Senhoria, tivemos de vir.

— Um caso de honra? Comigo? Quem são vocês?

— Nós somos de Santa Rita, mas se o senhor pudesse ficar calado sobre quem deu a informação a Vossa Senhoria, a gente ficaria mais sossegado.

— Digam logo o que querem e deixem de conversa.

— Quanto o senhor nos daria por uma informação a respeito dum homem que anda desmoralizando o Coronel em todo canto?

— Eu não daria nada e vou já saber do que se trata. Inácio — disse ele para o vigia —, mande me chamar aí dois cabras bons, mande amarrar esses dois e cobrir no pau até eles darem uma informação que vieram me vender.

— Seu Coronel, nós...

— O rifle está com bala na agulha, Inácio?

— Está, Seu Coronel.

— Pois eu mesmo vou começar!

E o Coronel Melânio, unindo o gesto à palavra, meteu o rebenque na cara do homem de boné. Aqueles dois estavam habituados ao trato da gente que frequentava os prados de Santa Rita e da Paraíba, gente quase da laia deles, de modo que se perturbaram. O que tinha recebido a rebencada levou a mão ao rosto e ficou olhando, apalermado, para o coronel. O outro quis falar com dignidade.

— Coronel, o que é isso?

— É rebenque! — disse o coronel, ao mesmo tempo que exemplava também aquele.

— Um momento, Vossa Senhoria não entendeu! — disse o primeiro, recobrando-se um pouco. — A gente veio para dizer ao senhor. Agora, se Vossa Senhoria, depois, quiser dar alguma coisa à gente...

— Já sei. Achou pouco? Quer mais?

— Não, Seu Coronel! A gente veio pra dizer a Vossa Senhoria que aquele cavalariano Sinfrônio enganou o senhor. Viemos dizer, porque ele nos enganou também. Chegou lá por Santa Rita porque tinha ouvido dizer que nós tínhamos um cavalo parecido com "Siricoia", aquele cavalo do Sabugi. A gente tinha mesmo: mas era um cavalo viciado, que esquipava, mas não tinha a pisada do meio.

— Ah Perigo safado! — disse o coronel entre dentes.

— Ele descobriu logo o negócio. Mas comprou o cavalo assim mesmo. Saiu vendendo esse cavalo desde Santa Rita até aqui. Todo coronel que ele encontrava, trocava o cavalo, vendo a esquipação e certo de que era "Siricoia". Depois, descobriam que o cavalo não tinha pisada do meio e não servia para viajar. Pra que diabo um senhor de engenho quer um cavalo que não serve para viagem? Aí, propunham desfazer o negócio.

— Sinfrônio desmanchava, mas ficava com a volta, não é?

— Exatamente, Seu Coronel. Fez isso com Vossa Senhoria. Ele ripou as crinas e aparou o rabo de todos os animais que recebeu em troca do tal "Siricoia". Até a "Melada", a égua que foi de Vossa Senhoria, está assim, ripadinha e escovada, chega brilha. E em todo canto, Sinfrônio vai contando o que fez, mangando dos trocadores e dizendo que, como barbeiro de cavalo, ele é o mais bem pago daqui.

— Ah cachorro! — disse o coronel malgrado seu. — Está bem! Já deram a informação, agora puxem daqui pra fora. E outra vez que quiserem ganhar um dinheiro como esse que ganharam agora, venham ao Engenho da Pedra dizer que tem gente por aí desmoralizando o Coronel Melânio, estão ouvindo? Inácio, acompanhe esses dois cachorros até a porteira. E se daqui pra lá eles derem uma palavra, passe bala!

Quando o Coronel Melânio voltou à sala, a mulher interrogou timidamente:

— Melânio, você vai fazer alguma coisa?

— É claro, vou deixar aquele cavalariano safado ficar mangando de mim por aí?

— Mas meu filho, só por causa dum cavalo?

— Você acha pouco? E além disso, não é só o cavalo, é minha honra de trocador!

— O que é que você vai fazer?

— Agora não, está muito tarde. Mas amanhã, à boca da noite, vou mandar pegar Sinfrônio Perigo e trazê-lo aqui ao engenho. Uma coisa eu digo: nunca mais ele troca cavalo com ninguém.

A mulher, que era mais moça do que o coronel e tinha um coração brando — era "a santa" daquele lugar —, daí a pouco levantou-se, foi ao interior da casa, deu a volta pelo terraço e chamou baixo:

— Inácio!

O vigia aproximou-se.

— Mande um homem dizer a Sinfrônio Perigo para arrumar os troços dele e ir embora. Logo, hoje mesmo, se puder, porque amanhã, pela boca da noite, Melânio vai fazer uma desgraça com ele. Diga ao homem que guarde segredo e que, se Melânio souber, eu garanto a vida dele.

— Sim senhora! — disse Inácio.

E afastou-se, enquanto a mulher voltava para a sala e o jogo continuava.

XXXIV

Enquanto os dois homens de Santa Rita apanhavam do Coronel Melânio, Malaquias e Miguel Biôco estavam arriscando a vida, cantando uma serenata diante da casa onde estavam Silviana, a dos brancos braços, e Maria, a Cascalha. Sabiam onde ficavam os aposentos, de modo que não tiveram dificuldade em postar-se, cada um em seu lugar, de violão em punho, cantando seus respectivos amores. Malaquias cantava diante da janela de Silviana:

"De manhã quando fores a passeio
no teu rico jardim de marfim,
se pegares na folha de um cravo,
oi tingo-tingo,
não te esqueças, meu anjo, de mim."

Silviana, ouvindo o cantar, ergueu-se de sua cama, onde estava lendo o *Dicionário dos Namorados*, e veio à janela. Vendo-a, Malaquias redobrou de entusiasmo e cantou:

"Quem são os profetas daqui
vocês sabem, mas não querem dizer,
que a mulher Deus deixou foi para o homem,
oi tingo-tingo,
sem mulher ninguém pode viver."

Sinfrônio mexeu-se na cama, e ouviu-se a voz dele:

— Silviana! Cadê você? O que é isso aí?

— Sei não, Sinfrônio, ouvi um barulho e vim ver. Parece que estão cantando uma serenata na casa aí de junto.

— Era o que faltava! Vem pra dentro, Silviana!

Malaquias, ouvindo a voz de Sinfrônio, encaminhou-se para o lugar onde estava Miguel, mas ali, enquanto ajudava Miguel no coro, apareceu da sombra, de modo a ser visto por Silviana inteiramente voltado para lá. Maria Cascalha apareceu à varanda, e Miguel cantou:

"Estou aqui na sua porta
feito um feixinho de lenha,
esperando uma palavra
que da sua boca venha.
Orá! orá, lará, lará!
Orá, orá, lará, lará!"

E Malaquias:

"Senhora dona de casa,
olho de cana caiana,
quanto mais a cana cresce
mais meu coração te ama!"

Maria Cascalha, dando um muxoxo, fez menção de sair, e Miguel entoou, com alma e fogo:

"Sua chegada me alegra,
sua saída me mata,
meu anel de ouro fino,
minha varanda de prata!"

Cascalha, arrependida, parou, e Malaquias, sempre voltado para Silviana, cantou por sua vez:

"Senhora dos olhos verdes,
pedra verde, bem redonda;
dessas achadas na praia,
cor do mar que embate as ondas!"

Nesse momento, Sinfrônio chegava à varanda, de rifle na mão:

— Que diabo é isso, Silviana? É serenata na minha porta? Ei, você aí! Lá vai fogo, viu?

E Sinfrônio levou a arma à cara para atirar. No momento, porém, em que ia puxar o gatilho, desembocou na rua, a cavalo, o portador do Engenho da Pedra, gritando:

— Seu Sinfrônio! Seu Sinfrônio Perigo!

— Que é? Quem é que está aí? — perguntou Sinfrônio.

— É Inácio, vigia do Engenho da Pedra! Tenho um recado urgente para o senhor, da mulher do Coronel Melânio!

Malaquias, fazendo um gesto para Miguel, entrou num beco escuro que havia perto e os dois ficaram espreitando a cena que se ia desenrolar. Sinfrônio abriu a porta e chegou-se para Inácio.

— O que é que há, Inácio?

— Aqueles homens de Santa Rita foram lá no engenho e descobriram para o coronel a história da troca da "Melada" pelo "Siricoia". O coronel está com a gota-serena, Seu Sinfrônio. Queria mandar pegar o senhor amanhã, bem cedo, mas Dona Glória conseguiu que ele deixasse para a boquinha da noite. Aquela mulher é uma santa, Seu Sinfrônio. Mandou dizer ao senhor que arrumasse seus troços e fosse embora daqui, porque senão amanhã lhe acontece uma desgraça!

— Está ouvindo? — disse Silviana, aflita. — Sinfrônio, vamos embora daqui, pelo amor de Deus!

— Vamos ver, Silviana, vou resolver. Inácio, muito obrigado. Agradeça também a Dona Glorinha. Vou ver o que faço.

— Está bem, adeus, Seu Sinfrônio. Mas ouça meu conselho: arrume seus troços e vá embora, porque o coronel não brinca com essas coisas não.

Deu de rédea no cavalo e voltou, em cima dos pés. Aí Malaquias saiu da sombra:

— Sinfrônio!

— Quem é?

— É Malaquias, Sinfrônio! Eu estava aqui, ajudando Miguel numa serenata que ele queria fazer a Maria Cascalha, porque está apaixonado por ela!

— Era o que faltava! Eu não digo? Vocês só não levaram chumbo porque o homem chegou! Como é que eu ia saber quem era?

— Você tem razão! — disse Malaquias. — Eu devia ter avisado. Mas que importância tem a paixão de Miguel, agora que vocês estão ameaçados de morte?

— É verdade! — disse Sinfrônio, pensativo. — Você vendeu o "Rei de Ouro"?

— Nada, aquilo são dois ladrões! Vou de manhãzinha com ele para o Sertão.

— Vai sempre?

— Vou.

— Vai levar a cachaça a Princesa?

— Não, vou como sempre, vendendo como posso.

— Malaquias, eu vou com você. Topo a empresa e a sociedade.

— Não diga, Sinfrônio!

— Não posso mais ficar aqui! Primeiro, arrisco a vida, e depois, mesmo que o coronel não me matasse, vou perder a "Melada", a égua que é minha grande esperança para tirar raça. Assim, é melhor irmos embora.

— Você não pode voltar mais aqui, Sinfrônio.

— É verdade.

— Quer dizer que Dona Silviana vai também, não é?

— Claro.

— E Maria Cascalha? — perguntou Miguel.

— Pra mim tanto faz! — disse a Cascalha com desprezo e dando seu famoso muxoxo.

— Então vai, vamos todos! — disse Sinfrônio. — Vai levar o "Rei de Ouro", Malaquias?

— Claro, também não piso mais aqui. Assim, o lucro vai ser maior ainda. O mestre não sabe que a gente não volta mais, o pagamento é sempre feito na volta; desta vez a gente não paga nem a cachaça da partida que eu já vendi nem a que vai levar. Tudo vai ser lucro.

— É boa ideia — disse Sinfrônio.

— Pois vamos pegar a burrama. Tudo. Quanto mais, menos prejuízo com eles e mais lucro com a malvada — disse Malaquias.

— As mulheres arrumem a bagagem. Vamos, Malaquias! Vamos, Miguel! Mas quem vai ao Engenho da Pedra buscar a cachaça são vocês. Se eu for pegado ali, morro antes da viagem.

— Está certo, deixe tudo comigo! — disse Malaquias.

XXXV

Foram ao cercado do cavalariano e tiraram todos os animais que havia lá. E agora era a cachaça. No Engenho da Pedra, Miguel, Malaquias e o mestre carregaram a enorme burrama do cavalariano Perigo com ancoretas e mais ancoretas de aguardente. Quando acabaram de carregar, disse Malaquias:

— Mestre Antônio, desta vez tive uma porção de despesas e queria que o senhor deixasse pra receber o dinheiro dessas duas partidas quando da minha volta.

— Oi, Malaquias, o combinado não foi isso! A gente combinou que só havia entrega de nova partida com o pagamento da anterior!

— Mestre Antônio, não atrapalhe nossa fortuna! É a minha e a sua! No Jerimum, encontrei um tal de Coronel Marcolino que compra toda a cachaça que eu levar. É coisa garantida e sem perigo, porque o homem é o chefe político e eu vendo tudo nas barbas da Polícia! Você não viu como a carga é grande? Mas Sinfrônio exigiu pagamento antecipado pelos burros e gastei o dinheiro quase todo! Estou sem nem um tostão!

— Mas que lucro eu tenho nisso? Sinfrônio vai ganhar mais com os burros, vocês com a cachaça, eu também preciso ganhar! Só aceito com o preço da cachaça aumentado!

— Ah, miserável, explorando minha situação, hein? Pois eu pago mais, na volta. Dez tostões a mais por ancoreta! Na carga nova!

— Dois mil réis por ancoreta e nas duas cargas!

— Está bem! Na volta, eu pago tudo. Adeus, Mestre Antônio!

— Adeus e boa sorte!

XXXVI

No outro dia, pela manhã, tendo deixado os burros escondidos no lugar de sempre, Malaquias foi a uma loja da rua, onde comprou seis metros de pano azul, mandando cortar a fazenda em três pedaços de dois metros cada um; depois, com uma outra ideia, comprou uns retalhos de pano verde e outros de pano branco. Numa outra loja, comprou uma espingarda "Doze" e cerca de duzentos cartuchos. E, com esse material debaixo do braço, encaminhou-se, com Miguel, para a casa de Sinfrônio Perigo.

— Patrão — disse Miguel —, eu queria que o senhor me desse licença pra ir ajeitar meu jumento e uma jumenta pra levar Maria Cascalha.

— Vá — respondeu Malaquias. — Eu preciso tomar ainda outras providências para a viagem. Pra onde você vai?

— Vou comprar um ferro do Sino-Salomão. O senhor vai no "Rei de Ouro" e Dona Silviana na "Melada". Todos dois são ferrados assim. Por isso, vou ferrar também o jumento "Governador" e a jumenta "Maria Pedra", que vou ferrar pra minha Cascalha.

— Vou com você até o homem dos ferros! — disse Malaquias com uma nova ideia.

Encaminharam-se os dois para a casa do ferreiro. Lá, pendurados, havia uma porção de ferros. Miguel comprou um ferro do Sino-Salomão e saiu para ferrar os jumentos. Malaquias ficou com o ferreiro.

— Estou atrás de comprar uns ferros que me encomendaram no Sertão. O senhor tem por aí um ferro com a letra *P*?

— Tenho. Olhe aqui.

— Pode me ferrar aqui esse couro?

O ferreiro, esquentando o ferro na forja, ferrou o couro com o *P*.

— Está bom. Mas tem outro?

— Outro *P*?

— Sim.

— Tem esse aqui.

E ferrou novamente o couro.

— Agora, por favor, me marque o couro com um *J*.

Novamente o ferreiro obedeceu.

— Obrigado.

— Oi, e o senhor não vai levar os ferros não?

— Não. Vou levar essa amostra para os homens. Se eles quiserem, venho comprar os ferros ao senhor para a outra viagem.

— Obrigado pela preferência! — disse o ferreiro.

Chegando em casa de Sinfrônio, Malaquias encontrou o pessoal todo atarefado, colocando as coisas de mais necessidade em baús de couro. Sinfrônio não estava.

— Está tudo pronto, Silviana? — perguntou Malaquias com a voz mais carinhosa que pôde arranjar.

Silviana ergueu os belos olhos verdes e fitou-o, risonha:

— Quase tudo, Malaquias.

— Então, talvez possamos ir embora antes da hora do almoço.

— Quanto antes melhor, Malaquias.

— Onde está Sinfrônio?

— Foi vender os móveis que são da gente. Estava danado porque tinha que vender barato.

— Numa situação dessa, qualquer preço é bom. Agora, Silviana, eu preciso de um favor seu e de Dona Maria Cascalha.

— O que é?

— Queria que vocês fizessem mais três mantos pelo modelo desses dois. É para vocês três. Pode ser?

— É claro que pode, mas para que é isso, Malaquias?

— É pra gente passar pelos piquetes da Polícia e dos cangaceiros. Eu queria também que você me fizesse cinco bandeiras, com a cor verde e branca da bandeira da Paraíba.

— Com o mesmo desenho?

— Não, com outro que você invente aí. Agora, o que tem de haver é três letras, um *P*, em cima, e um *J* e um *P*, embaixo. Você copie pelo modelo desses ferros. Está certo?

— Demais, Malaquias.

Nesse momento, chegou Sinfrônio da rua, todo afrontado.

— Pessoal, vamos embora de qualquer jeito! Vi na rua uns cabras do Coronel Melânio.

Enfiaram às pressas o que havia nos baús e, pelos fundos da casa, carregaram com estes uns burros que estavam lá para isso. Sinfrônio falou:

— Eu vou por aqui, com os burros. Silviana e Cascalha saiam para o riacho como quem vai tomar banho. Malaquias e Miguel encontram a gente lá.

— E as bandeiras, Dona Silviana? — perguntou Malaquias.

— Leve os panos, a gente apronta tudo no riacho. Sinfrônio, e o aluguel da casa da mulher? Você pagou?

— Silviana, eu estou em guerra e em legítima defesa. E é coisa sabida que em caso de guerra não se paga aluguel.

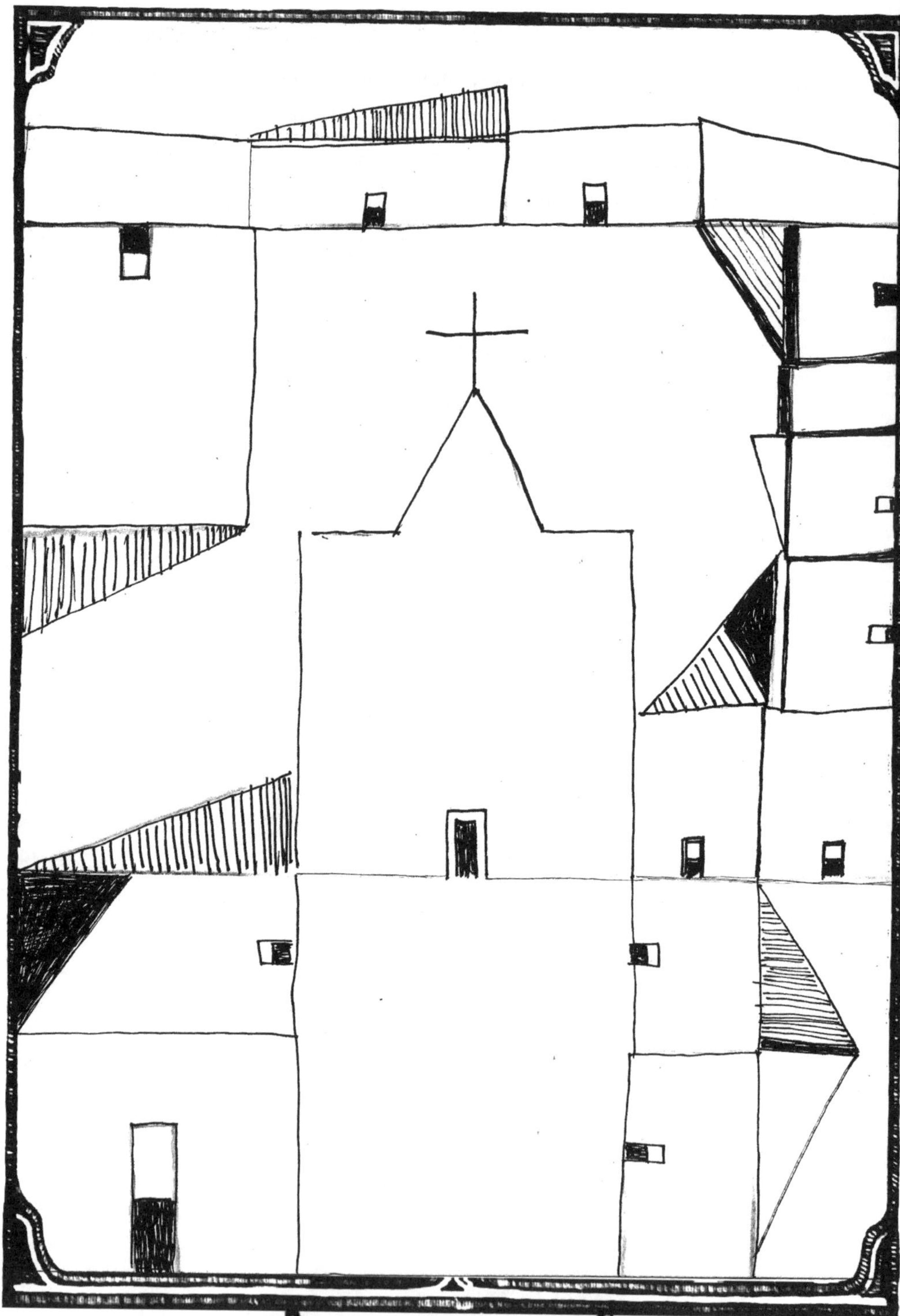

XXXVII

Os outros já tinham ido para o lugar combinado. Mas Malaquias precisava ainda se munir de um importante apetrecho para a viagem. Ele encaminhou-se para o cartório e, chegando lá, certificou-se de que o escrivão não estava. Apenas um escrevente cochilava por ali. Malaquias despertou-o, passando-lhe uma pena de galinha no nariz. Ele acordou assustado e, sem saber bem o que havia, pensando que era o escrivão, quis fingir que estava escrevendo há muito tempo.

— Calma, Seu Barbosa, sou eu!

— Seu Malaquias! Que é que ordena?

Exibindo uma nota de dez mil réis, Malaquias disse:

— Eu soube que aqui se vendia daquele papel que tem o escudo do Estado da Paraíba a dez mil réis a folha.

— Está doido, Seu Malaquias?! Eu posso perder meu emprego. Para que é que o senhor quer? — disse ele, fascinado pela nota.

— Para fazer uma petição ao Governo.

— O senhor pode fazer em papel comum.

— Mas em papel do Estado fica mais bonito. Homem, quer saber do que mais? Tome os dez mil réis e deixe de conversa.

O rapaz, sem uma palavra mais, abriu uma gaveta, deu o papel e embolsou os dez mil réis. Malaquias foi à porta, onde havia um edital com a assinatura do Presidente João Pessoa, escreveu qualquer coisa com sua letra e copiou, embaixo do que tinha escrito, a assinatura do Presidente.

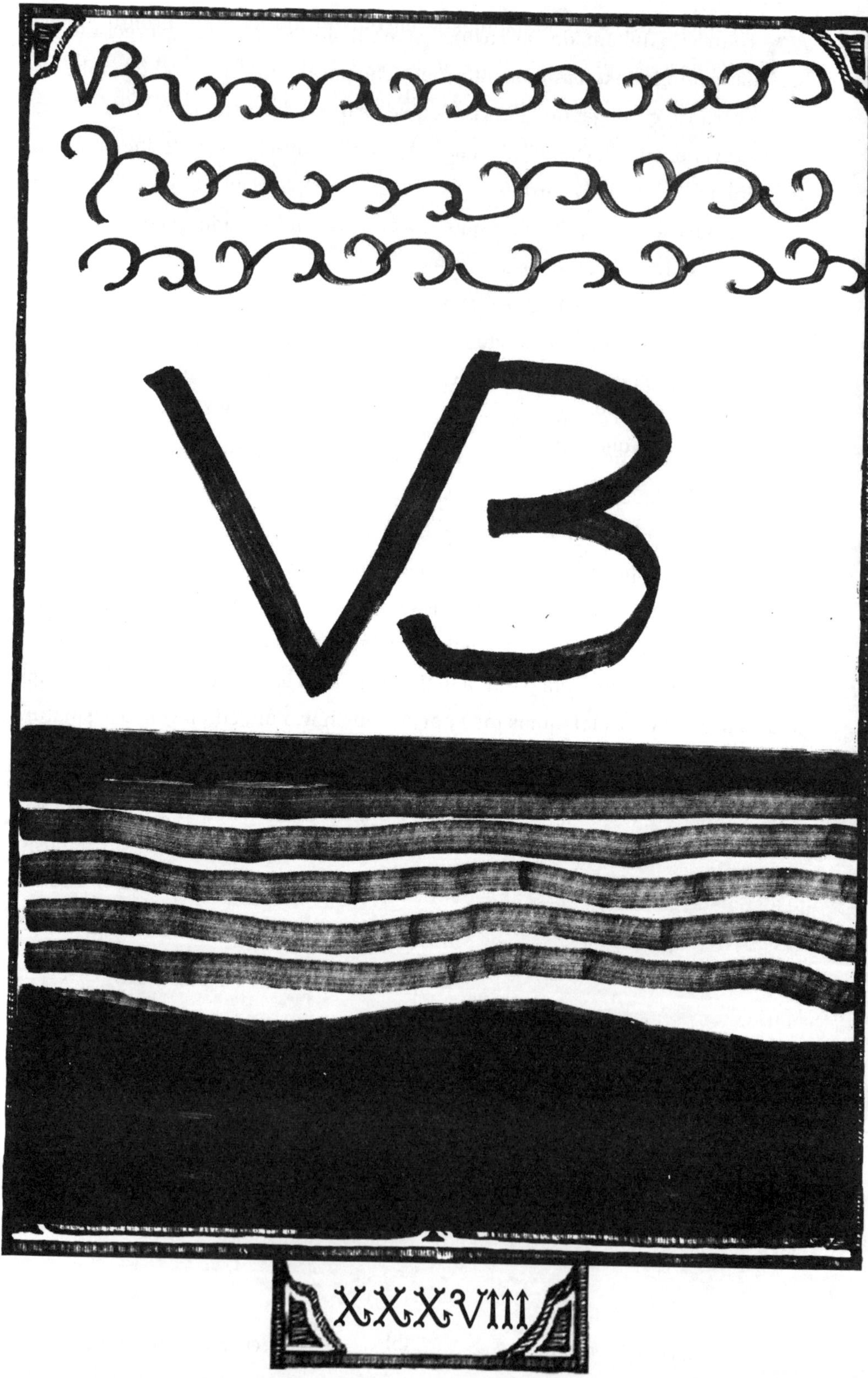

XXXVIII

Ao chegar ao riacho, Malaquias já encontrou todo mundo pronto. Apenas Silviana e Cascalha estavam terminando de fazer os mantos e as bandeiras, para o que costuravam febrilmente. Malaquias chegou para lá e ficou observando o trabalho. Enquanto costurava, Silviana, olhando disfarçadamente e vendo que Sinfrônio estava entretido ajeitando as silhas e cangalhas dos burros, disse a Malaquias:

— Ontem, à noite, cantaram uma serenata lá em casa. Foi você, Malaquias?

— Foi, Silviana. Você ouviu?

— Ouvi e conheci a voz. Você cantou uma moda que eu cantava sempre, quando vinha aqui pro riacho, tomar banho.

— É verdade, Silviana. E como não quero mentir a você, quero que me perdoe uma coisa que aconteceu.

— O que foi?

— Nessa última viagem, eu estava aqui, e dali, por trás daquela pedra, vi você e Maria Cascalha, sem querer. Aconteceu por acaso, eu ia passando, não reconheci você logo e fiz esse atrevimento. Mas foi inocente, sem querer. Agora, uma coisa eu lhe digo, Silviana: eu já posso cegar e morrer, porque posso dizer que já vi a coisa mais bonita do mundo!

Por sua parte, Miguel, junto da Cascalha, ferrava a jumenta e dizia:

— Está vendo, Maria? Essa jumenta agora é sua. Pode perder em boniteza para a "Melada" de Dona Silviana, mas lhe garanto que é muito mais forte e segura do que ela. Ferrei com o Sino-Salomão, está vendo? Meu jumento também. É para dar sorte a nós dois. Sabe o nome do jumento? "Governador". O nome da sua jumenta foi botado em homenagem a você: "Maria Pedra", jumenta de Maria Cascalha.

— Você pensa que eu ligo? — disse Maria Cascalha, dando um muxoxo.

Mas já Sinfrônio, tendo acabado o serviço, se aproximava. Silviana e Maria Cascalha davam também os últimos pontos na costura. Miguel pegou cinco varas de marmeleiro, anteriormente preparadas para isso, e amarraram as bandeiras nas varas, fixando-as aos arções das selas. Colocaram então os mantos nos ombros e começaram a montar.

Sinfrônio tinha preparado um bom cavalo para si mesmo e a "Melada" para Silviana. Miguel montou no "Governador", a Cascalha em "Maria Pedra", Sinfrônio em seu cavalo. Mas, no momento em que Silviana ia montar, Malaquias disse:

— Dona Silviana, o cavalo mais bonito e melhor do mundo, o mais corredor e o de passo mais macio daqui, pra mim, é o "Rei de Ouro". Eu nunca cedi esse cavalo a ninguém, mas se a senhora aceitasse, eu queria montar na sua "Melada" e dar o meu "Rei de Ouro" para a senhora montar nele!

Silviana olhou para Sinfrônio. Este permanecia soturno e indiferente. Então ela aproximou-se do "Rei de Ouro". Malaquias ajudou-a, galantemente, a montar, momento no qual apertou-lhe a perna um pouco. Tanto Silviana como a Cascalha estavam com uma "montaria", uma calça comprida, ampla como uma calça turca, com as duas pernas ajuntadas em forma de saia e costuradas em pregas que chegavam quase até as botinas. Quando as mulheres ficavam em pé, aquelas calças frouxas e pregueadas pareciam umas saias. Somente quando a pessoa montava era que aquilo se revelava como o que de fato eram, umas calças de montar para mulher. Malaquias montou na "Melada", e foi assim que partiram para aquela viagem que deveria ser decisiva em suas vidas.

XXXIX

Desta vez, não caminharam pelo mato não: tomaram mesmo a estrada real, pois Malaquias confiava que as providências que tomara eram suficientes para livrá-los dos tiros, tanto da Polícia quanto dos cabras de Princesa que por acaso encontrassem. A viagem a princípio se deu sem incidentes sérios. Eles pegaram a estrada de Campina Grande por Itabaiana. Apenas evitavam as cidades e vilarejos. Quando chegavam perto de uma, tomavam atalhos e iam pegar novamente a estrada quando já estavam a respeitável distância da rua. De modo que, no primeiro terço da viagem, apenas aconteceram incidentes de caráter amoroso e venatório, como diria o ilustre escritor taperoaense A. G. da Silva, o poeta das "lagartixas e rosais". E foi quando eles tinham passado pelo Ingá que Miguel indagou de Malaquias uma porção de coisas importantes para se entender o que estava acontecendo e o que veio depois. A certa altura da viagem, ele picou o "Governador" e aproximou-se de Malaquias:

— Patrão, estou estranhando a gente viajar pela estrada com toda essa carga... Das outras vezes a carga era menor e a gente ia pelo mato, pelos atalhos, numa luta danada...

— Ah, Miguel, mas agora a nossa carga é oficial.

— Não diga! É mesmo?

— Tenho autorização por escrito das autoridades constituídas. Não se preocupe, que na hora tudo se resolve.

— E quanto aos meus negócios? Já falou com Maria?

— Não, mas vou falar agora mesmo. Vá pra seu lugar, que eu já chego com as notícias.

Malaquias picou a "Melada" e aproximou-se do grupo da frente, onde viajavam Silviana e Maria Cascalha. Ordinariamente, quando isso acontecia, era para fazer alguma gentileza a Silviana. Mas dessa vez, Silviana, que já contava com a homenagem silenciosa e humilde de seu adorador, ficou um pouco picada, ao ver que ele só conversava com Cascalha. Coisa estranha é o coração humano: aquilo adiantou mais a Malaquias do que todos os dias anteriores, de onde se depreende que sempre devemos fazer o bem ao próximo, porque foi trabalhando generosamente por Miguel Biôco que Malaquias, pelo espinho de rosal da indiferença, se cravou mais na lagartixa pulsante do coração de Silviana. Ele emparelhou a "Melada" com a jumenta de Maria Cascalha e falou:

— Dona Maria, meus respeitos! Há vários dias que eu venho procurando uma oportunidade de lhe falar sobre um assunto particular.

Cascalha olhou-o severamente, sem dar uma palavra, e Malaquias, encorajado, continuou:

— A senhora me encoraja por seu silêncio, porque quem cala consente. Assim, é melhor ir direto no assunto para ver se se abala esse coração de pedra. Tenho um amigo que está apaixonado pela senhora.

O rosto de Cascalha, pela primeira vez, abriu-se num sorriso, mas logo fechou-se de novo e ela perguntou, inquieta:

— E ele é moço? Só gosto de homens novinhos!

— Esse está novinho em folha. Parece um menino novo, até pequeno e careca ele é. É Miguel, meu estribeiro e secretário.

— Miguel! — disse a Cascalha, franzindo a boca. Mas não deu o muxoxo, e era impossível dizer se a expressão com que ela repetira o nome era de repulsa ou simplesmente de quem não conhecia a pessoa dona daquele nome. — Miguel! — repetiu ela, impenetrável.

— A senhora não conhece nenhum Miguel? Não?

— Não me lembro!

— Ele cantou uma serenata debaixo de sua janela, ele e eu, todos dois sofrendo o mesmo sofrimento.

— Não me lembro não.

— É o homem que vem aí com a gente.

— Quem vem com a gente é Seu Sinfrônio, marido de Dona Silviana.

— Mas vem outro, um baixinho, careca, esperto, que lhe deu a jumenta.

— Me lembro não!

— Pois ele pediu que a senhora, mesmo que não aceite o amor dele, fique com esse colar, que ele mandou dizer que era de ouro, como o amor dele, e de pedra, como seu coração.

Os olhos da Cascalha luziram ciganamente quando ela viu a joia. Sem uma palavra, recebeu o colar, semicerrou os olhos, olhou a distância e colocou-o no seio, onde ele se sumiu rapidamente, não porém tão rápido que Malaquias não tivesse tempo de dar uma olhada no começo do colo quando ela desabotoou o vestido.

— A senhora aceita?

— Já aceitei. Não viu não?

— Vi — disse Malaquias com ar cínico. — Mas o que é que eu digo a ele?

— Ele casa?

— Por quê?

— Gosto de casar!

— Pois ele mesmo vem lhe dizer. E Deus abençoe a senhora, Dona Maria Cascalha, que aqui, nesse deserto, quando todos nós podemos morrer pela nossa honra e por nossa Pátria, teve pena de um pobre rapaz, órfão, que não tem ninguém por ele. Como eu! — disse Malaquias, melancólico.

E, picando a "Melada", saiu para dar conta de sua missão a Miguel.

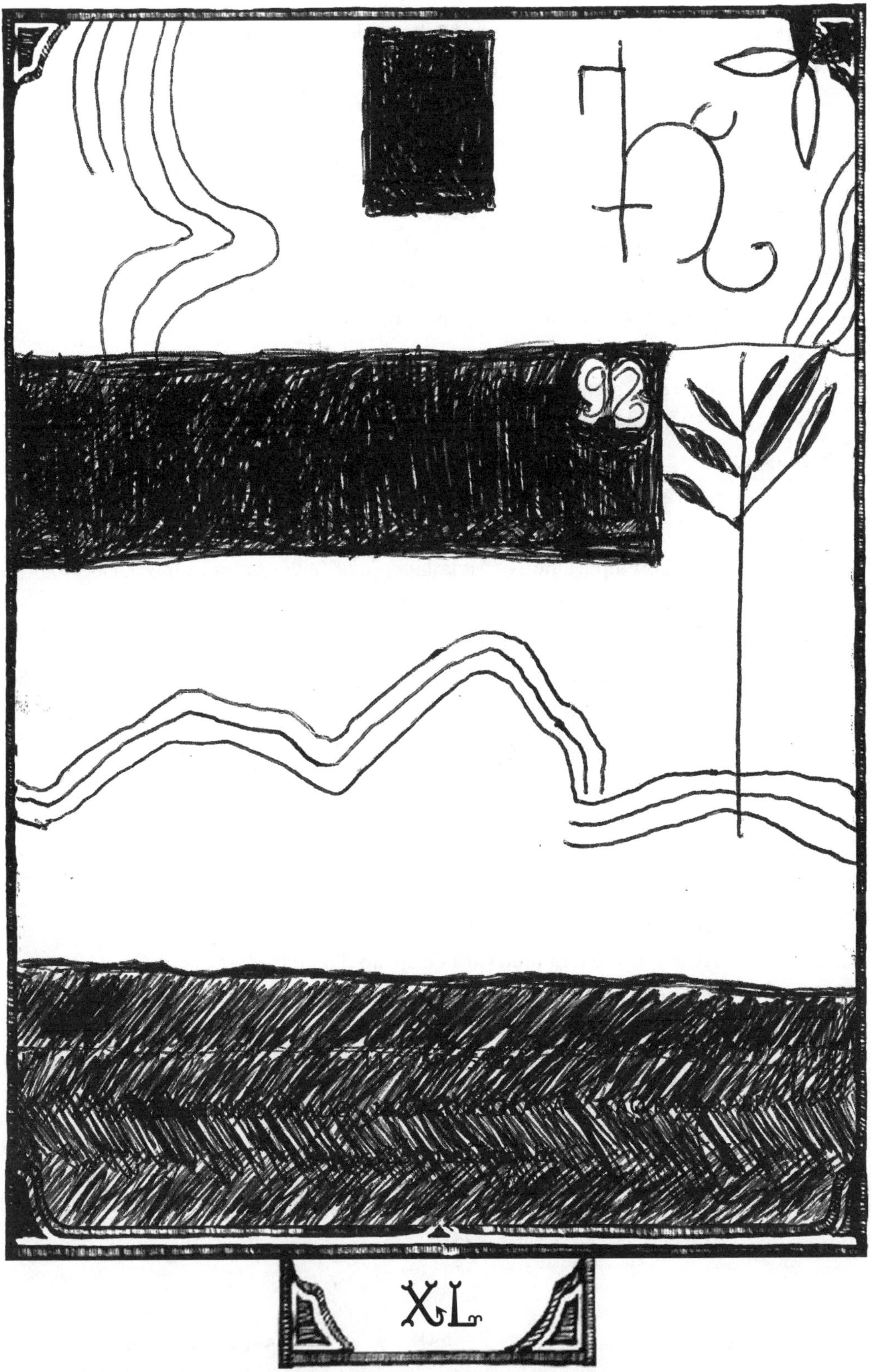
XL

Perto de uma fazenda chamada "Cabeça de Boi" — que por sua vez fica próxima de outra chamada "Cabeça de Vaca" —, fazenda que fica já depois de Campina e que foi do finado Christiano Lauritzen, fazia uma bela manhã. Os quatro iam por acaso juntos naquele instante e só o cavalariano, vigilante, estava atrás, tomando conta dos burros. Malaquias avistou uma rama de jitiranas no campo. Picando a "Melada", saiu para lá e voltou com a flor na mão.

— Silviana, você leu o *Dicionário dos Namorados*?

— Li — disse ela, baixando modestamente os olhos.

— Você se lembra do que significa dar uma jitirana?

— Me lembro.

— Pois eu trouxe essa para você. Qual é a resposta? — perguntou ele.

— É cedo ainda para eu lhe dar! — disse Silviana; e beijando a jitirana, jogou-a fora.

— Patrão, eu quero um particular com o senhor! — disse Miguel, que trotava ao lado da Cascalha.

Malaquias emparelhou a "Melada" com o "Governador" e Miguel falou:

— Patrão, não quero me meter na sua vida não, mas seu namoro com Dona Silviana está dando muito na vista.

— Quem fala! E o seu, com a Cascalha?

— Maria é solteira e desimpedida, mas Dona Silviana não é não! Confesso a Vossa Senhoria que estou ficando com medo do cavalariano.

— Ele até agora não reclamou nada.

— Mas é isso mesmo que está me fazendo medo... Ele fica calado, com aquela cara soturna... Disfarce e olhe a cara dele.

Malaquias disfarçou e olhou.

— Que acha? — insistiu Miguel.

— Acho que ele tem uma cara de corno danada!

— Então olhe o rifle no arção da sela. Olhou?

— Olhei.

— O rifle também tem cara de corno?

— Não. Mas minha "Doze", aqui, pode casar com ele. E sabe do que mais, Miguel? Deixe isso por minha conta, que eu entendo disso.

— Quem manda é o senhor, patrão.

Mas o fato é que, daí por diante, com Sinfrônio Perigo cada vez mais soturno e enigmático, sua cara e a imagem de seu rifle começaram a inquietar Malaquias.

XLI

Depois de Campina, eles começaram a passar pelas ruas, sem medo. Aquilo era tão estranho, que não ocorria a ninguém que fosse ilegal.

— Isso é um circo? — perguntavam às vezes.

— Não, é uma cavalhada! — respondia Malaquias, imperturbável. — Vamos tomar parte numa cavalhada em Taperoá e vender essa tropa de burros.

— E as ancoretas, o que é que levam?

— Água, para nós e para os animais.

E assim foram passando. Entre Soledade e Juazeirinho, encontraram uns meninos que vinham do mato para a estrada com gaiolas e alçapões, pois estavam pegando passarinho. Malaquias chegou-se para eles:

— Estavam pegando passarinho? Deixem ver o que pegaram.

Tomou as gaiolas, olhou-as bem, e levou-as a Silviana.

— Eu queria lhe dar um passarinho de presente. Você aceita?

— Aceito, Malaquias!

— Pois escolha. Qual é o que você quer?

— Quero esse do penachinho vermelho e do rabo comprido.

— É um galo-de-campina! Você escolheu bem: ele é vermelho, da cor do meu coração, e vai ficar preso, engaiolado, na sua mão, como eu já estou.

— Não foi por isso que eu escolhi não.

— Por que foi?

— Ele tem penacho vermelho e o rabinho comprido: dos pássaros pequenos, de gaiola, é o que lembra mais um pavãozinho.

Sinfrônio, sem ouvir, via a cena. Não disse nada, mas na parada do almoço foi ajeitar a carga de um burro, deixou cair uma ancoreta "sem querer" e esta, ao cair, caiu mesmo em cima da gaiola, rebentando-a e esmagando o passarinho. Silviana chorou com pena dele.

XLII

Quando retomaram a viagem, Malaquias Pavão e Miguel Biôco, em dueto e como homenagem a seus respectivos amores, cantaram, acompanhando-se Malaquias na viola e Miguel num pífano:

"Meu coração é um Castelo
de ouro e prata nas janelas;
a dona é minha Princesa,
ando com o sentido nela.

Com M, escrevo Maria,
com M, escrevo Amizade,
com M, escrevo Cascalha,
com M, escrevo Saudade.

Com S, escrevo Silviana,
Com S, escrevo Saudade..."

No momento em que Malaquias cantou isso, Sinfrônio, de cara amarrada, aproximou-se, e Malaquias concluiu:

"Com S, escrevo Sinfrônio
sentimento e Soledade."

E continuaram:

"Coração de pedra dura,
deixa de me maltratar!
Cascalho das criaturas,
tem pena do meu penar!

Guriatã de coqueiro,
morreu o meu cardeal,

teus dois olhos o mataram,
olhos de verde cristal.

Quem é bom já nasce feito,
quem quer se fazer não pode,
por mais que queira dar jeito,
boi é boi e bode é bode.

Olhos verdes matadores,
olhos de minha Isabel,
trago os dois na pedra verde,
na pedra de meu anel.

Meu amor é como o anum,
sereno no avoar,
quando senta numa estaca
levanta o rabo pro ar.

Deixa que o Sol pegue fogo,
e o vagalume brilhar;
teu olhar luzir de tarde,
verde-azul, da cor do mar.

Quem nasceu pra ser cachorro,
o jeito é morrer latindo,
quando se deita, é rosnando,
quando se acorda, é ganindo.

Sonhei com uma Poldra branca,
sela de ouro, Amarela,
tenho uma Espora de prata
e inda hei de montar nela."

Alguns dos versos eram, como se vê, dirigidos ao cavalariano Sinfrônio Perigo, que continuava soturno. E o fato é que, distraídos com os cantos, não viram que um cabra, escondido por trás de uma pedra, espreitara a passagem deles e fora narrar tudo a um grupo de cangaceiros que estavam na caatinga e foram emboscá-los adiante.

XLIII

Não tinham andado meia légua, quando caíram na emboscada dos cangaceiros. Estes estavam escondidos à margem da estrada, mas quando viram que a tropa de burros vinha sem escolta da Polícia, apareceram, um grupo pela frente e outro pela retaguarda dos viajantes, que ficaram assim cercados. Já estavam mais ou menos perto de Juazeirinho quando isso aconteceu. O chefe dos assaltantes aproximou-se de Malaquias (que fazendo um aceno para os seus tinha mandado todos ficarem quietos assim que a tropa surgira) e disse:

— Um momento, parem! Quem se mexer, morre! Quem são vocês e para onde vão?

— Vamos para a Princesa do Coronel José Pereira! — disse Malaquias calmamente.

— Para a Princesa do coronel? E você pensa que é fácil chegar lá?

— A Polícia diz que é! — disse Malaquias, sondando o ambiente.

— Ah, a Polícia diz isso! E você acreditou, e vai pra lá, levar balas pra ela, não é?

— Não senhor! Nós somos do lado do Coronel José Pereira!

— Ah, isso é o que todo mundo diz quando cai na mão da gente! Mas eu não sou besta não, amigo! Vamos furar essas ancoretas! E se tiver bala nelas, vocês vão morrer!

— Meu amigo, não faça uma coisa dessa! Nós somos do lado do coronel!

— Do lado do coronel, como?

— Não está vendo aí a bandeira?

— Esta não é a bandeira do Território Livre de Princesa não!

— Eu sei! Eu podia lá vir pelas estradas, em tempo de cair na mão da Polícia, com a bandeira de Princesa na mão! Mas você não está vendo a cor da bandeira?

— Essa bandeira é amarela! Tem uma beirinha azul...

— A mancha do meio é verde, a cor das tropas do coronel.

— Mas as letras são vermelhas! A cor do pessoal do Doutor João Pessoa.

— É, mas você já viu quais são as letras? *P*, Princesa, *JP*, José Pereira!

— É mesmo, eu nem tinha notado! Viva Princesa! Viva o Coronel José Pereira!

— Viva! — gritaram todos.

— E o que é que você leva aí nas ancoretas?

— É uma cachaça que o coronel encomendou que eu levasse para as tropas dele. Olhe aqui o salvo-conduto que eu recebi do Capitão Luís do Triângulo, Chefe do Estado Maior do Território!

E Malaquias exibiu o salvo-conduto. Quando o homem leu a assinatura temível e ilustre, tomou, instintivamente, uma posição respeitosa.

— É a letra do capitão mesmo, pessoal! Pode passar, amigo!

— O senhor podia nos dar logo um bocado dessa malvada aí! — disse um homem.

— Nada disso! A ordem do Capitão Luís do Triângulo é para deixar passar e ninguém toca nela até chegar em Princesa! — disse o chefe do grupo. — Pode ir, amigo! E tome cuidado: a gente está esperando aqui um pessoal da Polícia que vem por aí, dos lados de Taperoá, por umas informações que recebemos.

— Está bem, obrigado pelo aviso! — disse Malaquias. — Até à vista e boa sorte. Viva o Coronel José Pereira! — disse ele, voltando-se para trás, e já se pondo a caminho.

— Viva! — gritou o pessoal.

XLIV

Já bem perto de Juazeirinho, encontraram realmente uma volante da Polícia, que lá vinha pela estrada, na direção contrária à deles. O tenente da Polícia, que vinha à frente, gritou:

— Pare aí, se não quiser morrer, seu filho da puta!

E acrescentou para a tropa:

— Cerquem esse pessoal! Deve vir gente armada aí, atrás deles!

Alguns soldados cercaram os cavalos e a tropa de burros de Malaquias e os outros começaram a se postar ao lado das estradas, olhando para os lados de onde os viajantes estavam vindo, para ver se avistavam algum cangaceiro armado. Mas Malaquias procurou tranquilizá-los:

— Seu Tenente, não vem ninguém aí não! A gente não tem nada a ver com essa briga, estamos somente viajando para o Taperoá, onde vamos tomar parte numa cavalhada!

— Cavalhada o quê, seu cabra safado! Que sorte a minha! Há não sei quanto tempo que venho procurando pegar um passarinho desse! Você certamente há de saber que aqueles sacanas do Coronel José Pereira proclamaram a independência de Princesa, com hino, bandeira e tudo...

— Ouvi falar! — disse Malaquias, indiferente.

— Ah, ouviu... E na certa ouviu falar que os inimigos do Doutor João Pessoa estão mandando armas e balas para o coronel!

— Isso eu não sabia não! — disse Malaquias.

— Não? E o que é que você leva aí nessas ancoretas?

— Cachaça, uma partida de cachaça.

— Sem selo...

— Sem selo, mas é para a Polícia que está cercada em Tavares.

— Com ordem de quem?

— Tenho ordem da Polícia. O senhor certamente conhece o Tenente Florentino Barbosa, Delegado de Teixeira...

— Conheço.

— Pois olhe aqui a ordem que ele me deu pra eu levar a cachaça.

E Malaquias passou ao tenente a "guia". O tenente leu, murmurando, a guia que o seu colega tinha mandado para acompanhar os cadáveres do bando de Guariba. Depois ergueu os olhos perplexos para Malaquias:

— Que ordem mais danada é essa? É cadáveres, é guariba, é negócio, é pavão... Que diabo é isso?

— Ele disse que ia dar disfarçado, porque se a gente caísse na mão dos cangaceiros não morria. E mesmo não ficava bem se o povo estranho pegasse, eu levando cachaça sem selo para a Polícia. Mas a parte importante, ele disse que eu mostrasse que era essa, "dê destino aos defuntos e passagem aos burros". Malaquias Pavão e Miguel Biôco somos nós, que ele chama de "beneméritos cidadãos". Os três cadáveres são esses três. E os burros, são os burros carregados com a cachaça.

— Você quer saber do que mais, Malaquias Pavão? Por mais benemérito que você seja, estou com vontade de dar um tirinho em você. Tudo isso está muito cheio de nove horas! Você sabe que Princesa tem uma bandeira... Será essa que vocês trazem aí?

— Não senhor.

— Essa bandeira tem um troço verde no meio!

— Seu Tenente, são as cores da bandeira brasileira! Não vá me dizer que a Polícia está contra o Brasil!

— O que está me enchendo é esse troço verde aí no meio!

— Mas as letras são vermelhas. E o senhor já viu o que elas querem dizer?

— Não.

— *P*, Paraíba, *JP*, João Pessoa! Viva o Doutor João Pessoa!

— Viva! — gritaram todos.

— Além disso, Seu Tenente, eu guardo aqui um documento da mais alta importância, um documento confidencial. Não mostrei logo, porque não é coisa que se mostre assim a todo mundo. O senhor pode me dar aqui um particular?

— Posso! — disse o tenente, afastando-se um pouco. — O que é?

Malaquias desdobrou o papel onde tinha falsificado a assinatura do Doutor João Pessoa. A letra estava um pouco parecida. Estava escrito ali:

"Vai para o Capitão João Costa. João Pessoa."

A letra estava um pouco "apavonada", mas como o tenente ia saber disso? Ele se colocou em posição de sentido e levou a mão ao chapéu de abas largas, de pano, fazendo continência.

— Está vendo aqui o escudo do Estado da Paraíba? — perguntou Malaquias.

— Estou, Seu Malaquias! — disse o tenente, teso. — Pode passar!

Saíram.

— Viva o Doutor João Pessoa! — gritou Malaquias, voltando-se e erguendo o punho direito.

— Viva! — responderam os soldados.

— Viva o Doutor João Pessoa! — gritou Malaquias de novo.

— Viva! — gritaram os soldados.

Depois de gritar isso por uma terceira vez, vendo que uma volta da estrada o tinha tirado da vista dos soldados, Malaquias mudou a cara, e, com a outra mão pegando o braço direito ainda estendido pela altura da dobra do cotovelo, deu uma grande banana na direção da Polícia.

— Malaquias, eles vão cair na emboscada dos cangaceiros! — disse Silviana.

— E daí? — perguntou Malaquias com ar displicente.

— Você não vai avisar a eles não?

— Eu? E eu tenho nada a ver com isso? Eles que se lasquem! Eu sou do partido do povo e das mulheres!

XLV

Caminharam um pouco e ouviram os primeiros tiros pipocando: a Polícia tinha realmente caído na emboscada dos cabras de Princesa.

— Olhe lá, pegaram-se os dois valentes! — disse Malaquias. — Miguel, catuca essa burrama. Ali adiante tem um lugarzinho, vamos pra lá!

Quando chegaram a Juazeirinho, estava havendo uma procissão. A meninada da escola, alguns vestidos de anjo, os homens de uma irmandade vestidos de opa e tudo, a imagem de Nossa Senhora, e, na frente, levado por moças de dois cordões, o azul das filhas de Maria, e o vermelho, do Apostolado, um estandarte com uma imagem ou com as letras de Nossa Senhora pintadas (esse pormenor não ficou bem apurado pelos distintos historiadores nordestinos que têm se ocupado do caso de Malaquias Pavão às voltas com a Polícia da Paraíba e com as tropas rebeldes do Território Livre da Princesa Isabel). Os viajantes pararam a tropa de burros e respeitosamente tiraram os chapéus à aproximação do desfile religioso. Nesse momento, começaram a se ouvir novamente tiros, agora mais perto do lugarejo. O padre olhou para lá, preocupado, e os músicos da banda que tocavam, sem tirar os instrumentos da boca, arregalaram os olhos para o lado de onde vinham os tiros com indisfarçável preocupação. Mas a procissão caminhava assim mesmo. Quando o estandarte de Nossa Senhora foi chegando diante dos nossos viajantes, eles desceram das montarias e ajoelharam-se devotamente. Nesse mesmo instante, apareceram, correndo, os soldados da volante, que, de vez em quando, amparando-se no que encontravam, atiravam nos cangaceiros que os perseguiam. A turma desabou toda, e o tiroteio pegou. O pessoal, aliás, debandou, mas não pôde correr muito, e terminou deitando-se no chão.

De repente, Miguel, deitado junto a Malaquias, falou:

— Patrão, me acuda que eu estou ferido!

— Aonde, Miguel?

— Aqui, na perna. Ai, patrão, olhe o sangue!

— Te aguenta, Miguel! Que sangue que nada! Você já viu sangue feder?

Falou a Cascalha para Miguel:

— Reze o Credo, que é bom para as horas de tristeza!

— Qual é o Credo? É aquele que fala em Pilatos?

Maria Cascalha deu um muxoxo.

A confusão continuava. Os que encontravam portas abertas, embarafustavam por elas, e não foram poucas as inconveniências a que assistiram assim, entrando inopinadamente em casas alheias em horas inesperadas. O padre, arriscando a vida, salvara o Santíssimo Sacramento, com grande dignidade. Mas, quando chegou a um abrigo seguro, olhou e viu que as moças tinham deixado cair o estandarte de Nossa Senhora.

— Deixaram cair o estandarte de Nossa Senhora! — disse o padre, aflito.

Era um padre corajoso e digno. Estava, naquele instante, junto da maioria dos homens da Irmandade. E começou a olhar angustiado os soldados que passavam pisando o estandarte e as balas que caíam ali perto.

— Não aparece aí ninguém para salvar o estandarte? — disse ele. — Consegui salvar o Santíssimo Sacramento, mas o estandarte está no chão...

Ninguém respondeu ao padre, e ele disse:

— Eu vou!

— Por quê, padre? O senhor vai arriscar a vida sem precisão. Não já salvou o Santíssimo? O estandarte é menos importante! — disseram os devotos da Irmandade.

— Mesmo assim me deu vontade e eu vou! Segurem aqui o Santíssimo Sacramento!

Malaquias, num impulso, disse:

— Deixe, seu padre. Os santos não têm coragem de ir não? Pois vai o pecador!

E arriscando a vida foi até o meio da rua e voltou com o estandarte, que entregou ao padre. Ao mesmo tempo, quase, o tiroteio ia arrefecendo, pois os soldados tinham cruzado a vilazinha e saído de novo na estrada pelo lado de lá. Os cangaceiros também atravessaram a rua, no encalço deles, de modo que, em pouco tempo, a calma começou a voltar. O padre voltou-se para Malaquias:

— Como é seu nome, meu filho?

— Malaquias Pavão, seu criado.

— Meu filho, você se portou com grande coragem e muita devoção.

— Que nada, Seu Padre! — disse Malaquias, com ar um pouco triste. — Eu sou um pecador!

— Pecadores somos todos nós, Malaquias! Tome! Fique com esse estandarte pra você!

— Eu?

— Sim. Já vi que você dá valor a uma bandeira! Fique com essa também! Talvez um dia você entre no céu com ela.

— Montado no meu cavalo? Essa em que vou montado é a "Melada", mas o meu mesmo, aquele bonito, é o "Rei de Ouro"!

— Sim, por que não? Quando houver a ressurreição da carne, quem sabe se você não vai ter direito a ficar com um "Rei de Ouro" que nunca morra nem envelheça? Outra coisa: esse pessoal ia me nomear hoje Presidente de Honra da Irmandade. O lugar do nome estava vazio e agora eu vou botar o seu.

— Mas, Seu Padre...

— Não, ninguém merece mais esse nome do que você. Aceite, eu lhe peço.

— Pois então está bem, Seu Padre. Eu aceito e agradeço.

— Deus abençoe você por sua ação corajosa, Malaquias.

— Deus abençoe o senhor, Seu Padre, por sua bondade.

— E você, rapaz — disse o padre a Miguel —, tome um catecismo e aprenda a rezar o Credo.

Quando o padre ia saindo, Malaquias adiantou-se.

— Seu Padre!

O padre deteve-se e ele aproximou-se, pondo-se a andar ao lado dele.

— Eu queria dizer uma coisa ao senhor, confessar um pecado que vou fazer.

— Que vai fazer?

— É um pecado grande, Seu Padre.

— O que é?

— Vou tomar a mulher dum homem do jeito que puder.

— Mas por que vai fazer isso, Malaquias? Tem tanta mulher sem homem no mundo...

— Mas a mim só interessa aquela, Seu Padre. Gosto tanto dela que se for preciso matar para ficar com ela, eu acho que mato.

— Não faça isso não, Malaquias. Você, que se comportou aqui como um Cavaleiro de Nossa Senhora...

— Pois é para o senhor ver, Seu Padre. Fiquei com remorso de aceitar o estandarte assim. Quer ele de volta?

— Não, Malaquias, de jeito nenhum. Fique com o estandarte. Só esse sentimento já mostra que você tem bom coração, e isso vem de Deus. Não está vendo que eu não vou julgar você mal? Cada um sabe de si e de seus caminhos. Quem sabe? Pode até ser que o estandarte ajude você a encontrar um bom caminho no meio de tudo o que você vai fazer. Deus escreve certo por linhas tortas, Malaquias. Mas se você puder, eu queria que pelo menos três coisas você me prometesse.

— O que era, Seu Padre?

— A primeira é que, se puder dar um jeito, você não mate ninguém.

— Prometo, Seu Padre. Não sou de matar ninguém. Prometo só matar em último caso.

— Já é alguma coisa. A outra é que, se puder, você casa com a mulher, no civil e no religioso.

— Mas Seu Padre, ela é casada... Assim, para eu casar, vou ter que matar o marido...

— Isso você já me prometeu que só faz se não tiver outro jeito.

— Então como é que eu vou ficar?

— É mesmo, acho que fiz um pedido errado! — disse o padre com ar triste.

— Olhe, Seu Padre, não fique triste não! Pelo jeito que as coisas vão, parece que a moça vai ser minha sem marido morrer sem nada. Eu acho que não sou de casamento não. Assim, sem ela estar viúva, acho que posso prometer ao senhor que se ele vier a morrer, sem ser por minha mão, eu caso com ela. Está bem assim?

— Não está bem não, está mais ou menos. Mas como o caso é complicado, fico contente com pelo menos isso.

— Então eu lhe prometo.

— Jura pelo estandarte de Nossa Senhora que, tanto com o homem quanto com a mulher, você faz o melhor que puder para ser fiel a essa bandeira que você salvou?

— Juro.

— Pois vá, Malaquias, e que Deus abençoe você!

Quando Malaquias voltou, Miguel Biôco perguntou:

— O que foi que o padre estava recomendando ao senhor, patrão?

— Sei lá! Sei que terminei jurando que só casava com uma mulher ao mesmo tempo no civil e no religioso! Em que complicação me meti, minha Nossa Senhora! Mas vamos embora, pessoal, para não atrasar a viagem!

XLVI

Em Estaca Zero, tiveram novamente que usar o estratagema da bandeira. O sargento, subdelegado, interrompeu a caravana no meio da rua:

— Ei, moço! Quem são vocês e para onde se dirigem?

— Seu Sargento, vamos aqui com um carregamento para a Polícia, que está cercada em Tavares. É coisa confidencial.

— Hein?

— Chegue aqui perto que eu digo.

O sargento chegou-se e Malaquias falou ao ouvido dele. O sargento arregalou os olhos:

— São fuzis?

— São sim senhor, disfarçados aí nas ancoretas. Está vendo a bandeira? *P*, Paraíba, *JP*, João Pessoa.

O sargento mandou passar:

— Está bem, podem ir. E boa sorte!

— Vamos, "Rei de Ouro"! — disse Dona Silviana.

— Vamos, "Governador"! — disse Miguel Biôco.

— Como é? Governador? Que negócio é esse? Isso é com o Doutor João Pessoa? — disse o sargento, amarrando a cara.

— Não senhor, esse jumento tinha o nome de "Seu Prefeito", e o delegado mandou eu mudar. Então, subi ele de posto.

— Isso está me cheirando ruim! Vamos tudo para o quartel. Vou mandar abrir as ancoretas e apurar tudo isso direitinho!

— Sargento, quem sabe é o senhor! — disse Malaquias. — Mas vou lhe dizer uma coisa: o Doutor João Pessoa não vai gostar nadinha do senhor atrasar a viagem ordenada por ele não, viu?

— Ordenada por ele?

— Olhe aqui a ordem! — disse Malaquias quase esfregando o papel na cara do homem.

O sargento perfilou-se:

— Podem passar! Mas mude o nome desse jumento!

— Está certo, Sargento, não seja por isso!

— Por onde vão?

— Vamos por Taperoá, pegamos a estrada de Teixeira e, por lá, a de Princesa.

— Pois boa viagem!

XLVII

Quando foi perto de Taperoá, um pouco antes do Cosme Pinto, sucedeu com os nossos viajantes um incidente engraçado. Foi que eles encontraram na estrada, parado, um carro Ford, daqueles de bigode. Junto do carro, parada, estava uma mulher alta e magra, alourada, vermelha e sardenta. O marido dela, ao lado da estrada, pegava um bocado de pedra, examinava-as cuidadosamente, guardava umas no carro e jogava outras fora.

— Amigos! Amigos! — disse a mulher, com forte sotaque estrangeiro e um ar meio assustado ante o aparato meio belicoso da caravana.

— Está certo, dona, mas quem é que está perguntando por isso? — disse Malaquias entre dentes, com fisionomia imperturbável.

— O marido da senhora junta pedra? — disse Miguel.

— *Yes, yes*. Vão passando, não é? — disse a mulher, abanando a mão como se os enxotasse.

— *Very hot*! — disse o galego, abanando o paletó.

— Como é?

— Muito calor! — disse a mulher. — *Yes, very hot*! — disse ela a Malaquias.

— Iesse, vere rote! — disse Malaquias. E, voltando-se para os outros, acrescentou: — Ô merda danada!

Taperoá aproximava-se. Passaram o Panati, e Miguel, inquieto, perguntou:

— É Taperoá, patrão? A gente vai passar pela rua?

— Vai. Aí é minha terra, e eu conto com um protetor lá.

— De sua família? — perguntou Silviana.

— Dinis Quaderna. Ele foi fiscal e cobrador de impostos, e agora é Diretor da Biblioteca. Mas continua com a mesma força junto dos fiscais. É um homem generoso e compreensivo. Quando era fiscal, deixava a gente passar com a cachaça à vontade, em troca de uma contribuição para o cofre dele. E como tinha bom coração, às vezes não precisava nem a gente dar dinheiro: ele aceitava garrafas de vinho tinto e branco do Rio Grande. Tirava os rótulos, botava outros com uma onça e vendia com o nome de Vinho da Malhada, cobrando o duplo do preço.

XLVIII

Com a proteção de Dinis Quaderna, passaram por Taperoá sem aperreios maiores. Tomaram a estrada do Teixeira. Já perto de Bonito, bandos de asas--brancas começaram a cruzar a estrada. Àquela altura da viagem, já andavam mesmo os dois pares bem caracterizados, Malaquias sempre ao lado de Silviana, e Miguel ao lado de Maria Cascalha. Somente o cavalariano Perigo ficava de fora, sempre atrás, relegado, soturno e cuidando dos burros. Miguel, de vez em quando, passava um rabo de olho meio temeroso e ressabiado para as bandas de Sinfrônio; mas, apesar de seus cuidados, como homem apaixonado que estava, logo voltava a seu enlevo, ao lado da terrível Maria Cascalha, que, se se agradava de sua corte, não o demonstrava. Miguel, imitando um pouco Malaquias, foi a um lado da estrada, tirou uma jitirana e deu a Maria Cascalha. Ela, sem uma palavra, e sempre olhando para a frente, guardou a flor no seio, com um muxoxo.

Continuando a passar as asas-brancas, Malaquias apontou-as:

— Está vendo, Miguel? Choveu, e as asas-brancas estão passando aos bandos. Certamente tem açude aqui por perto e elas estão fazendo bebida lá.

— Que beleza! — disse Silviana.

— Não é mesmo? — falou Miguel. — E isso, tanto tem de bonito como de gostoso! Que prato!

— Eu nunca comi asa-branca! — disse Silviana.

— Pois hoje vai ser o dia! — aproveitou Malaquias. — Vamos dar uma parada. A gente descansa, e eu e Miguel vamos procurar a bebida delas e fazer uma espera. De tarde, vou lá com a "Doze" e a caçada vai ser boa.

— Eu aproveito e faço uma pescaria! — disse Miguel. — Trouxe anzol por aí, nos matulões!

— Então, hoje, vamos jantar curimatã e asa-branca assada! — concluiu Malaquias.

Mal acabara de falar, quando, numa volta da estrada, avistaram uma casa, na beira do caminho. Era uma casa ampla, de copiar, cujas telhas repousavam em postes de madeira ligados por uma grade. Achegaram-se:

— Ô de casa! — disse Malaquias.

— Ô de fora! — gritaram de dentro.

— Louvado seja Nosso Senhor Jesus Cristo!

— Para sempre seja louvado! — disseram um rapaz e uma moça aparecendo no terraço.

— Nós estamos aqui de viagem pra Teixeira, meu filho! Dão licença da gente descansar aqui?

— Pai está fora — disse o rapaz. — Foi ao açude, arrancar umas batatas. Mas o senhor pode se apear!

— Não, obrigado. Ali tem um telheiro, perto do curral. Dá licença da gente ficar lá?

— Fique à vontade.

— Nunca vi tanta asa-branca como por aqui! — disse Malaquias.

— Esse ano está uma coisa demais! — disse a moça. — Elas estão fazendo bebida no açude.

— Será que seu pai deixava eu dar uns tiros nelas?

— Deixa demais. Muita gente aqui tem vindo atrás delas, mas são brabas demais. Só vai com espera.

— É o que eu vou fazer.

— Eu posso levar meu anzol? — indagou Miguel.

— Leve, leve o que quiser. Por aqui ninguém está ligando essas besteiras não. O negócio é o gado e o algodão, o resto é poeira.

Acamparam por ali, no telheiro. Miguel e Malaquias saíram em busca do açude, prepararam as esperas e voltaram para almoçar. Depois do almoço, Sinfrônio ficou para um lado, e os quatro estenderam-se no chão, fazendo travesseiro das redes. Do telheiro, viam o céu cheio de nuvens, que ficaram olhando.

— Olhe aquela nuvem! — disse Malaquias a Silviana. — Parece com quê?

— Com um pavão! — falou Silviana, sorrindo.

— Acho mais parecida com uma garça! — retrucou Malaquias no mesmo tom.

— Com uma garça, parece é aquela outra que está junto do pavão! — insistiu Silviana.

— Acho mais parecida com um rosto de pedra que vive me maltratando! — falou Miguel, e Maria Cascalha deu um muxoxo.

— Olhe, a garça e o pavão estão se juntando! Vão se casar! — disse Malaquias com intenção.

— Não, a garça parece que já é casada, porque vai se afastando!

— Ah, Silviana, por que você diz isso?

— Digo porque desde que você me deu esse anel que venho querendo lhe confessar uma coisa, Malaquias.

— O que é?

— Eu só sou casada com Sinfrônio no civil.

— E é? O que foi que houve pra vocês só se casarem assim?

— Você sabe que eu sou de Santa Rita, não sabe?

— Sei.

— Meu pai era administrador de um engenho de lá. Ele me casou à força com o dono do engenho, um coronel viúvo e velho. O coronel, para não me dar terra, só quis casar comigo no religioso. Sinfrônio passou por lá e disse que se casava comigo no civil. Eu tinha ódio do coronel, que era um velho de mais de sessenta anos, e aceitei. Ele me carregou e casou comigo no civil.

— Por que você está me dizendo isso?

— Por nada. Senti vontade, quando vi aquelas duas nuvens.

Malaquias olhou-a com olhos iluminados de gratidão, e disse para Miguel:

— Vamos às asas-brancas!

— Um momento, patrão! E você, Maria? É solteira, casada ou viúva?

— Solteira e desimpedida! — disse a Cascalha. — Mas você pensa que eu ligo?

XLIX

Chegados ao açude, Miguel Biôco, que tinha desencavado um anzol entre seus apetrechos de viagem, dirigiu-se para o fim da represa e, ficando do lado oposto àquele em que estava a espera, começou a pescar. Malaquias, com a "Doze", ficou na espera, aguardando que as asas-brancas viessem para ali, beber. Daí a pouco, pipocava a velha "Doze" de dois canos, e três asas-brancas ficavam no chão, batendo nas últimas convulsões da morte. Quase ao mesmo tempo, Miguel arrastava a primeira traíra da tarde. E assim ficaram.

A certa altura, Miguel sentiu um peso grande no anzol. "Deve ser uma curimatã", pensou ele. Com as maiores cautelas, começou a puxar a bicha. Mas que curimatã que nada! Era um mandi, o peixe mais cobiçado do Sertão, enorme, para peixe d'água doce. Os fazendeiros sertanejos estavam, naqueles tempos, trazendo para a Paraíba os primeiros mandis do São Francisco. Fora um desses que Miguel conseguira arrastar.

Pela boca da noite, voltaram os dois, vitoriosos, com as traíras, o mandi e um bisaco cheio de asas-brancas. Encontraram Silviana e Maria Cascalha fielmente à espera. Mas o cavalariano, faminto e impaciente, tinha exigido que lhe preparassem um jantar, com a farofa, carne de sol e costelas de carneiro do dia, e estava começando a comer quando os dois chegaram.

— Olhe lá, pessoal! — gritou Malaquias alegremente. — Preparem-se para um grande jantar! Mas esperem! Espere, Sinfrônio. Não coma essa carne, nem beba cachaça, que eu tenho aqui uma surpresa pra você. Puro vinho paraibano de caju, o famoso vinho "Lágrimas de Ouro", pra gente tomar como aperitivo! E tem mais! Olhem aqui o que eu trouxe nos alforjes: vinho branco e vinho tinto, tudo do Rio Grande! O branco, para o peixe, e o tinto, para a caça!

E olhando para Sinfrônio, que continuava a comer a carne assada com farofa e a beber a cachaça, perguntou:

— Sinfrônio, você não quer esperar não?

— Não. Estou com fome, e quero é carne assada com farofa e cachaça, comida de homem. Peixe, asa-branca e vinho! Eu não digo! Isso é comida de mulher. Ou de homem que tem a barriga fraca. A barriga e a cabeça! — acrescentou ele com um certo ar de desafio que, ao mesmo tempo, picou Malaquias e começou a lhe dar uma ideia.

— Como é, Sinfrônio? O que foi que você disse aí?

— Disse que sou homem pra enganchar, da barriga até a cabeça!

— Eu acredito. Mas, mais do que eu, você não é não!

— Pode ser.

— Isso que você está dizendo, inclui cabeça forte pra cachaça?

— Inclui, e daí?

— Tá, Sinfrônio, uma coisa que eu sempre tive vontade de ver, foi você beber comigo.

— A ocasião é boa, quer experimentar? — disse Sinfrônio, com seu ar soturno e impenetrável.

— Oxente, é já!

Malaquias foi buscar a ancoreta dividida e dois copos, e assentou-se ao lado de Sinfrônio, que empurrou o prato de costelas para junto dele. Mas Malaquias voltou o prato para onde estava, dizendo:

— Não, prefiro beber em jejum. Quero guardar a fome para o peixe e as asas-brancas.

A essa altura, Maria Cascalha, ajudada por Miguel, já estava tratando das aves de caça que o estribeiro despenava.

— Mas assim você vai levar desvantagem, bebendo em jejum.

— Eu lhe dou essa vantagem! — disse Malaquias. — Vamos então começar o nosso desafio, Sinfrônio. Você bebe pelo amor que tem a Dona Silviana, e eu bebo por minha garça, minha veada de olhos verdes, minha eguinha branca das crinas castanhas. Vamos ver qual é o amor que tem mais força, o seu ou o meu.

E Malaquias, botando água em seu próprio copo, despejou a malvada no do cavalariano.

Daí a uma hora, Sinfrônio, inteiramente zoró, arriou a cabeça nos braços e começou a roncar. Silviana, sorrindo para Malaquias, pôs a mesa para quatro, noutro canto. O peixe chegava, dourado, e as asas-brancas, assadas, alouravam. Miguel assentou-se com a Cascalha num canto, e, antes de começar, falou para o patrão:

— O senhor quer que eu traga cachaça para a gente, patrão?

— Que cachaça que nada, Miguel! A gente é lá cabra safado? Eu vendo cachaça para os outros, mas pra nós, pra mim, pra Silviana, pra você e pra Maria, quero comida e bebida de Rei. Olhe aqui: peixe do Rio São Francisco, pombo da asa-branca, queijo de cabra de Soledade, e vinho branco e tinto que eu trouxe escondido esperando uma ocasião como essa.

Foi um verdadeiro banquete real, com o peixe regado a vinho branco e as asas-brancas assadas com o acompanhamento do vinho tinto vermelho, bebido em grandes cálices que o refinado do Malaquias pediu na casa, mandando, em troca da gentileza, algumas traíras e asas-brancas para a família do fazendeiro. Acabada a carne, entraram pelo queijo de cabra com pão, sempre acompanhados pelo vinho tinto. Malaquias ergueu-se, com o copo de vinho na mão, e disse:

"O colo do meu amor
é branco como Algodão,
tem a beleza das Garças,
voando pelo Sertão."

Miguel imitou-o:

"O peito do meu amor
é pedra, é cascalho, areia.
E brilha, é Malacacheta
em noite de lua cheia."

E Malaquias:

"Todo o resto do seu corpo
Que beleza deve ser!
Digo isso adivinhando,
porque nunca pude ver!"

Ele sentou-se ao lado de Silviana, e, inflamando de paixão, disse:

— Silviana, minha garça branca dos olhos verdes! Você gosta de mim, não gosta? Eu sei que você gosta, porque quando olho pra você, e vejo esses braços, sinto, com meu sangue, que a gente dava certo um com o outro! Seus braços são como dois pescoços macios de garça, e eu sei que fui feito para ser abraçado por eles! Silviana, diga que gosta de mim!

— Gosto, Malaquias! — disse ela, encostando a cabeça no ombro dele. — Mas o que é que adianta isso? Sinfrônio mata você e me mata também!

— Mata nada, Silviana!

— Mata, você não viu como ele matou o cardealzinho que você me deu? Aquilo foi um aviso!

— Pois então me prometa pelo menos uma coisa: que se acontecesse alguma coisa a ele você ficava comigo! Você promete?

— Pra você matar Sinfrônio?

— Não, jurei ao padre fazer tudo pra evitar isso. Mas prometa assim mesmo, só pra me deixar feliz!

— Prometo, se você me prometer uma coisa.

— O que é?

— É uma besteira, uma coisa de menina, uma tolice como se eu ainda tivesse quinze anos, fico com vergonha de dizer.

— Não, diga!

— Malaquias, a coisa que eu mais desejava na vida era casar com um homem que eu gostasse. Mas casar mesmo, com um homem que gostasse tanto de mim que casasse comigo no juiz e no padre, pra toda a vida. Eu sonhava tanto com isso... Aí, me obrigaram a casar com um velho pela metade. Depois, veio esse cavalariano e me carregou. Eu fugi, porque o velho, senhor de engenho, até dar em mim dava, Malaquias. Pois é isso que eu lhe pergunto: você jura que, se pudesse, casava comigo?

— Mas como, Silviana? Mesmo que aconteça alguma coisa a Sinfrônio, você é casada no civil com outro.

— Eu sei, sei que não pode ser, Malaquias. Mas deixe ao menos eu sonhar... Você jura que casava comigo, se pudesse?

— Juro.

— No padre e no juiz?

— No padre e no juiz.

— Aconteça o que acontecer?

— Sim, juro.

— Jura pelo estandarte de Nossa Senhora?

— Juro.

Miguel, que estava alisando o braço de Maria Cascalha, olhou para o patrão, abismado. Mas Malaquias e Silviana, nos braços um do outro, navegavam por outras águas, num beijo longo e apaixonado. Nesse mesmo instante, porém, soaram uns tiros. Os dois se separaram. E lá veio uma gritaria:

— Cabras safados! Cangaceiros de Princesa! Lá vai tiro da Polícia pra vocês levarem pra Zé Pereira, cabras de peia!

E os tiros recomeçaram.

— Isso é uma merda! — disse Malaquias com raiva. — Essa Polícia de corno sempre me prejudicando!

Mas aproveitaram sempre o barulho para deitarem-se no chão, onde Malaquias abraçou Silviana e Miguel abraçou a Cascalha. Sinfrônio ergueu a cabeça e, quase como se não tivesse bebido e dormido, disse com voz forte:

— É a Polícia! Vão matar meus burros!

E cruzando o aposento, aparentemente sem ver a mulher e o amigo que se espojavam no chão e logo se separaram quando o viram levantar-se, saiu para onde estavam os burros.

— Está vendo a consideração que ele lhe tem, Silviana? Não liga nem um pouco pra você, foi salvar os burros! Aquele desgraçado, só tendo sangue de cavalo!

Sinfrônio, lá fora, rastejava, e, com risco de vida, chegou perto dos animais que começou a levar para trás da parede de uma estrebaria, para colocá-los fora do alcance dos tiros. Coisa estranha: seu amor e sua admiração pelos animais eram tantos que venceram sua rapacidade de cigano; o primeiro animal que ele salvou foi o "Rei de Ouro" e o segundo foi a "Melada".

Mas, dentro do telheiro, Malaquias teve uma ideia.

— Miguel, fique aqui com as moças! — disse ele ao estribeiro.

— O senhor vai sair, patrão?

— Não vá não, pelo amor de Deus, Malaquias! — disse Silviana.

— Vou. O estandarte vermelho que a volante me deu está no bolso da carona do "Rei de Ouro".

Malaquias rastejou até lá, pegou o estandarte sob os olhos espantados de Sinfrônio e gritou para o lado de onde vinham os tiros:

— Seu Tenente! Seu Tenente! Pare de atirar, Seu Tenente! Aqui é gente do Capitão João Costa e do Doutor João Pessoa! Seu Tenente!

E, amparado atrás da meia-parede da estrebaria, agitava o estandarte vermelho. Os tiros foram cessando.

— Quem é que está falando aí?

— É Malaquias Pavão, Seu Tenente. Vou levando um suprimento para o Capitão João Costa e a Polícia, em Tavares. Tenho ordem do Presidente João Pessoa!

— Pois saia pra cá, sozinho. Você está armado?

— Estou com uma espingarda "Doze", minha.

— Jogue ela pra fora e venha desarmado.

Malaquias obedeceu e começou a caminhar.

— Pare! Você está na mira do fuzil, ouviu? Se mexa que leva um tiro no bucho, desgraçado. Agora venha, bem devagar.

Malaquias chegou-se para lá. O tenente apareceu da sombra, cercado por seus soldados.

— Quem é você e o que está fazendo com essa tropa de burros por aqui, na estrada que leva pra Princesa?

O resto não precisa nem contar. Saiu primeiro a "guia" do Tenente Florentino Barbosa, depois a "ordem" confidencial do Doutor João Pessoa. Quando o tenente acabou de ler as duas, o que fez acendendo fósforos, pediu desculpas a Malaquias:

— O senhor me desculpe, mas foi imprudência sua. Como é que a gente ia saber? Pra todo canto que a gente se vira, tem um sertanejo mandando rifles e balas para o Coronel José Pereira. Aconselho vocês a seguir viagem, à noite é mais seguro!

— Vamos agora mesmo, Tenente.

— Tomem a estrada do Teixeira. Antes de chegar na rua, tem a entrada pra Princesa. Quando chegarem no lugar que a estrada se abre em duas, tomem a da esquerda. Daí em diante não tem errada.

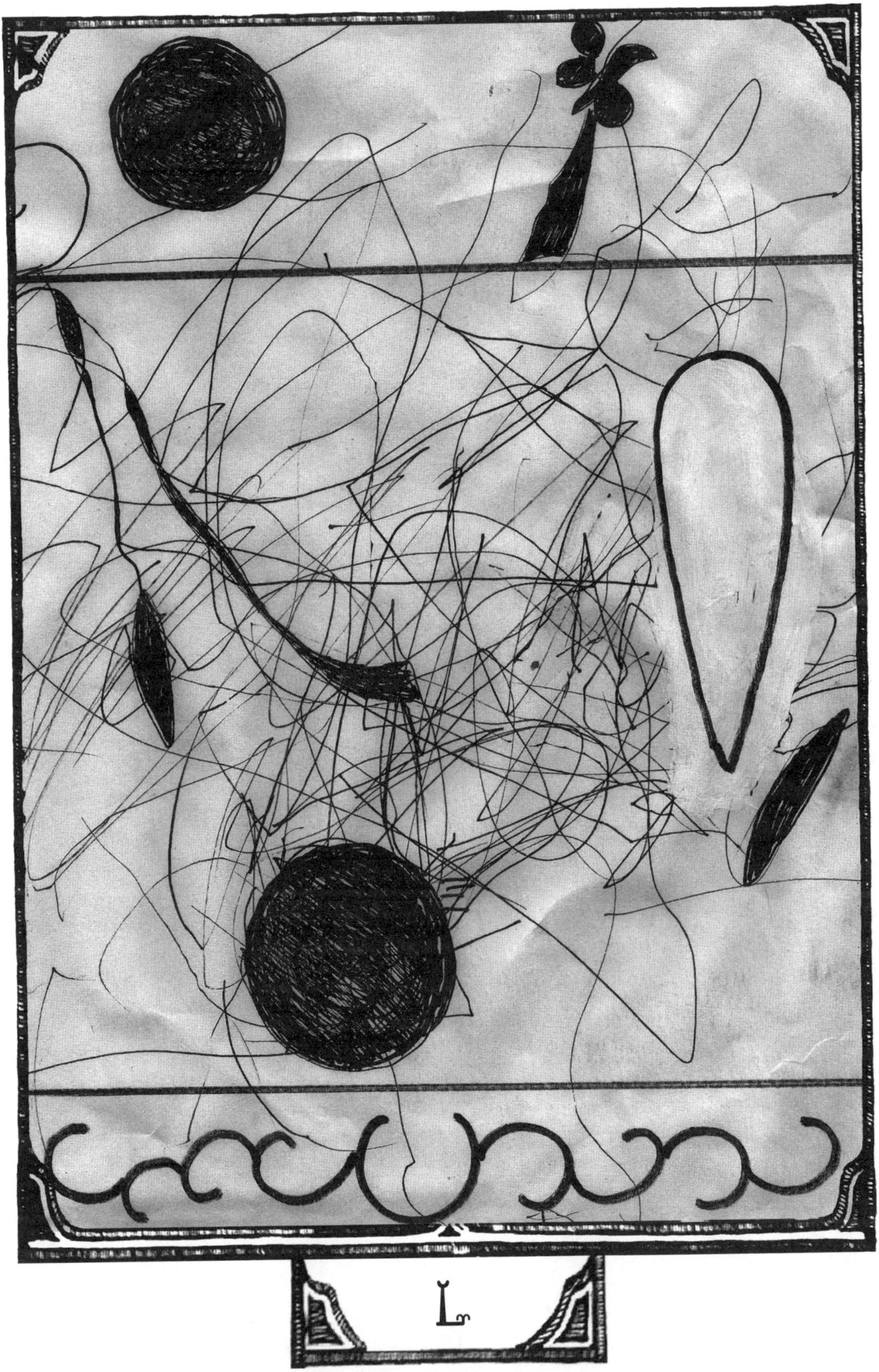

Partiram aí mesmo e andaram uma boa parte da noite, até que encontraram um imbuzeiro bom, onde armaram redes e adormeceram. Pela manhã, recomeçaram a viagem. Andaram uma porção, deixaram a estrada do Teixeira e pegaram a de Princesa. Pelas dez horas da manhã, chegaram à encruzilhada, onde tiveram o dissabor de verificar que a estrada não se abria em duas como dissera o tenente, mas sim em três.

— Esta é boa! — disse Malaquias. — O tenente falou em duas estradas e a gente encontra três!

— Você não conhece esta estrada não, Malaquias? — perguntou Silviana.

— Não, Silviana. Sou do Sertão do Cariri, e sempre andei por Teixeira, para a Espinhara. Por aqui, até Princesa, nunca passei.

— O tenente disse que a gente tomasse a estrada da esquerda! — disse Sinfrônio. — Deve ser a mais da esquerda de todas.

— Pois vamos por ela! — disse Malaquias.

Esporeou a "Melada" e pegaram a estrada mais da esquerda. Era a mais estreita delas, uma estrada somente carroçável. A região começou a ficar ainda mais áspera do que o Cariri. Tudo deserto. Não se via uma casa, não se encontrava ninguém. O silêncio era completo. Parecia que não passava gente ali há mais de cinquenta anos.

— Que lugar mais soturno! — disse Miguel, inquieto.

Como a confirmar suas palavras, um casal de gaviões começou a voar por sobre suas cabeças, soltando pios que pareciam tinidos em metal. Adiante, encontraram uma nuvem de urubus comendo uma raposa morta e inchada. O pior, porém, era que a estrada cada vez mais se estreitava, invadida pelo mato. Até que acabou-se. Diante deles, estendia-se apenas um tabuleiro que parecia não ter fim, coberto de mato, velame e malva sertanejos, ralos, solitários, balançados pelo vento que começava a roncar e esquentar pela aproximação do meio-dia. De repente, Silviana, que casualmente estava olhando para um serrote que havia ao lado, viu um homem escondido atrás da pedra.

— Malaquias — disse ela, num sopro, e morrendo de medo —, vi um homem esquisito ali.

— Aonde?

— Ali, naquele serrote!

— Cadê?

Silviana olhou, mas não viu ninguém.

— Deve ter sido engano seu, Silviana.

— Foi não, juro que vi. Estava vestido dum jeito esquisito!

— Como?

— Não deu pra ver não, mas sei que era esquisito.

Malaquias picou a "Melada" e foi até Sinfrônio.

— Silviana viu um homem ali no serrote, espiando a gente. Pegue o rifle, que eu acho que é agora que a gente vai cair numa emboscada.

— Da Polícia?

— Espero que seja dos cangaceiros. Miguel, vamos levar os burros, com cuidado, para aquele serrote. Eu vou na frente; se atirarem, vocês desmontem.

— Que bandeira a gente deve usar?

— A das letras. Se ali tem gente mesmo, inda não sei se é da Polícia ou do coronel. Se eu levantar a bandeira, vão para lá.

Malaquias, com os maiores cuidados, foi até o serrote. Não havia ninguém. Ele rodou por todo canto, e nada. Depois que deu a volta, voltou-se para onde estavam os seus e levantou a bandeira. Para isso, deu as costas ao serrote e não viu que o homem tinha descido pela outra encosta. O pessoal de Malaquias chegava.

— Vamos acampar aqui — disse Malaquias. — O sol está quente; aqui, pelo menos, vai dar a sombra das pedras. E, caso a gente seja atacado, tem onde se amparar para escapar dos primeiros tiros.

Desceram dos cavalos, tiraram as ancoretas dos burros e, sentados por trás das trincheiras naturais das pedras, estavam se preparando para almoçar, quando Miguel, erguendo-se despreocupadamente para tirar cachaça, numa ancoreta, teve o desprazer de ser visado por um tiro de rifle, que alguém disparara do campo. Miguel deitou-se a tempo, porque, como se o tiro fosse um sinal, o pipocar do tiroteio começou. Deram umas duas ou três rajadas para ver o resultado; e, como não houvesse resposta do grupo de Malaquias, o pessoal que estava atirando parou e reinou um silêncio completo naquele descampado áspero, solitário, hostil, com o serrote solitário no meio, cheio de casas de marimbondo-caboclo, elas também abandonadas, velhas, agitadas pelo vento quente da caatinga.

— Pararam os tiros! Miguel, levanta de novo pra ver se eles atiram!

— Patrão, o senhor quer me desgraçar?

— Deixa de ser frouxo, Miguel! Maria Cascalha está olhando, pra ver como você se porta!

Miguel pegou uma varinha de marmeleiro, colocou o chapéu nela e levantou-o para fora da pedra. O chapéu voou longe, com um tiro.

— Deve ser gente da Polícia! — disse Malaquias. — Pelos meus cálculos, acho que Princesa ainda está longe. Me dê aí a varinha.

Miguel passou a varinha e perguntou, escarninho:

— O senhor não vai se levantar não? Dona Silviana está olhando.

— Primeiro, a bandeira vermelha!

Malaquias levantou o estandarte vermelho, que foi todo crivado de balas.

— É gente de Princesa! — disse Malaquias. — Vai o estandarte verde!

O estandarte com a cor do Coronel José Pereira também voou no pau.

— Que diabo é isso? — disse Miguel.

Malaquias rastejou até o "Rei de Ouro", tirou o estandarte das letras, voltou, de costas, às pedras onde o pessoal estava sentado e levantou-o. Houve, pela primeira vez, silêncio no descampado.

— Está vendo, Miguel? — disse Malaquias, estufando o peito de orgulho. — Não respeitaram nem a bandeira do Doutor João Pessoa, nem a do Coronel José Pereira, mas respeitaram a de Malaquias Pavão. Quer ver uma coisa?

Malaquias ergueu-se, saltou para cima da trincheira de pedra e ficou ali, agitando a bandeira. Soou então uma verdadeira saraivada de balas, e o Pavão teve o desprazer de ver Sinfrônio rindo com o salto desgracioso que ele deu, caindo sentado no lugar protegido. Malaquias coçou a cabeça, perplexo. De repente, seu rosto se iluminou:

— Só resta um estandarte, o de Nossa Senhora! Não é possível que esses pestes sejam do lado do Diabo!

Ergueu o estandarte. Nada de tiros. Com os maiores dos cuidados, botou a cabeça de fora. Nada. Ergueu-se, subiu nas pedras. O campo estava coalhado de gente ajoelhada. Os rifles estavam depostos no chão, e o pessoal persignava-se devotamente. Eram uma gente estranha: vestiam-se como cangaceiros, mas todos eles tinham nas costas um manto com uma cruz. Vieram se chegando a Malaquias, e, em pouco, nossos viajantes estavam cercados por rostos selvagens, que não traduziam impressão nenhuma.

— Montem! — disse um homem.

Os recém-chegados botaram as ancoretas nos ganchos das cangalhas e pegaram nas rédeas dos burros e das montarias. Assim, praticamente prisioneiros, Malaquias e os seus desceram o serrote.

— Vocês são como nós, meio chegados a um manto nas costas, não é? — disse Malaquias para o homem que pegava nas rédeas da "Melada".

Não obteve resposta. Andaram um bom pedaço e Malaquias tentou de novo:

— Amigo, pelo jeito vocês são gente de Princesa. Da Polícia é que vocês não são, que eu conheço pela cara!

Não obteve resposta, mas insistiu:

— Sou amigo do Coronel José Pereira, e estava doido para encontrar vocês!

Não houve resposta, e Malaquias calou-se. Andaram mais um pedaço e foram chegando até um povoado minúsculo, que parecia abandonado. Coisa estranha: parece que só havia homens, pois não se via nenhuma mulher.

— Patrão, aqui não tem mulher não, só tem valente! — disse Miguel.

— Já tinha notado, Miguel! — disse Malaquias. — Não estou gostando disso não!

Em frente à igreja, havia uma espécie de trono, e ali estava sentado um homem, vestido como os outros, mas com uma coroa de lata na cabeça, um báculo de bispo na mão e o manto maior. Quando o homem avistou as mulheres, tapou o rosto com as mãos.

— Severino, vem mulher entre os presos?

— Vem, meu Pai! — disse o homem que vinha pegando nas rédeas do "Rei de Ouro".

— Botem meu trono de lado e elas atrás, pra eu não ver!

Acorreram algumas pessoas de entre os homens que estavam na praça e cumpriram a ordem do homem. Silviana e Maria Cascalha ficaram para trás do trono.

— Vocês todos olhem o menos possível para essas mulheres. Mulher é a porta do Diabo! Tragam os homens aqui pra frente.

Malaquias, Sinfrônio e Miguel foram levados para a frente do trono.

— Seu Coronel, o senhor é amigo do Coronel José Pereira ou do Presidente João Pessoa? — perguntou Malaquias.

— De nenhum dos dois. Não tenho nada a ver com aquela briga de desalmados!

— Mas Seu Coronel...

— Me trate por Dom Pedro Miguel Depois, ou então pelo Profeta Miguel. Está falando com o Rei do Sertão e Arcebispo da Paraíba. Comigo é no trono e na religião! Está vendo isso aqui? É o trono de D. Pedro I. Me sentei nele, e só descanso quando botar essa galegada todinha pra fora do Brasil. Tem alguma coisa contra?

— Não senhor, de jeito nenhum! Agora, pra eu não perder a viagem, a gente podia era entrar num acordo.

— Que acordo?

— Eu sou como o senhor, nem a favor do Presidente João Pessoa, nem do Coronel José Pereira. Meu negócio é com o povo e com as mulheres. Mas, pra ganhar a vida, eu ia até Princesa.

— Perdeu-se e veio bater aqui. Foi a vontade de Deus.

— Pois já que vim pra cá, podia fazer com Vossa Excelência o negócio que ia fazer com o povo do Coronel José Pereira. Pelo que vejo, o senhor, aqui isolado, não tem alegria nenhuma. Vim trazer a Vossa Excelência um negócio que dá alegria a seu povo.

— O que é?

— O senhor quer comprar pra seu pessoal a melhor cachaça do Brejo?

— Cachaça?

— Essas ancoretas estão cheias de cachaça.

— Não diga!

— É!

— Severino, tire as ancoretas!

Tiraram todas as ancoretas que foram colocadas no chão, junto aos burros.

— Bote tudo em fila. Isto. Pessoal, apontem os rifles para essas ancoretas...

— Mas meu santo Beato Miguel... — disse Malaquias, aflito.

— Fogo!

O pessoal fuzilou as ancoretas que começaram a embeber o duro chão sertanejo com a limpa e pura cachaça do Brejo que dera tanto trabalho levar até ali. Malaquias, desolado, viu a cachaça se estragar toda.

— Estão vendo? Isso é o que eu faço com essa bebida do Diabo, porque mulher é a porta do Diabo e cachaça é a água do Inferno. Severino! Agora, pegue os donos das ancoretas e bote no lugar delas.

— Mas Senhor Bispo... — disse Malaquias.

— Não demorem não, viu?

— Senhor Bispo, o senhor vai cometer um grande pecado.

— Um pecado?

— Sim senhor. O senhor vai matar o Cavaleiro de Nossa Senhora e Presidente de Honra da Irmandade do Santíssimo Sacramento de Juazeirinho!

— Quem é essa figura importante?

— Seu criado, aqui.

— Que conversa é essa? Você, vendedor de cachaça...

— Que é isso, Seu Bispo? Uma coisa é religião, outra é profissão e alegria.

— Aqui, no meu Reino, não!

— Pois aí por fora, no vizinho Estado da Paraíba e no Território Livre de Princesa, a regra é essa. Como é que eu podia seguir a regra do seu reinado, se não conhecia ela? Mas o que eu lhe disse, é verdade: eu sou Cavaleiro de Nossa Senhora e fui nomeado Presidente de Honra da Irmandade do Santíssimo Sacramento de Juazeirinho.

— Nomeado por quem?

— Pelo padre de lá.

— Por quê?

— Porque salvei o estandarte de Nossa Senhora de um tiroteio entre aqueles desalmados da Polícia e a tropa do Coronel José Pereira.

— Se você me provar isso, eu salvo sua vida.

— E salva também a do Vice-Presidente de Honra da Irmandade?

— Quem é ele?

— Meu estribeiro e secretário aqui presente, Dom Miguel Biôco.

— Salvo. Ele se chama Miguel, mesmo? Pois saiba que na Escritura sagrada está escrito que em casa onde tem duas pessoas chamadas Miguel, o Diabo não entra.

— E salva a vida de nossas mulheres também, Senhor Bispo da Paraíba e Rei do Sertão! Faça um ato de generosidade! Não deixe os filhos da gente sem mãe!

— São casados na Igreja, de acordo com a lei de Deus?

— Somos, sim senhor!

— Está certo! Prove o que disse, que eu perdoo a vida de vocês!

Malaquias passou ao soberano daquelas paragens o pergaminho de nomeação que o padre dera a ele em Juazeirinho.

— Chamem o sacristão aí! — disse Dom Pedro Depois.

Um homem coberto de rosários saiu do meio da multidão.

— Leia esse negócio aí e examine. Está certo? Está em ordem?

— Está sim senhor. Mas não fala aqui em Vice-Presidente não.

— Nem podia falar! — disse Malaquias logo. — A nomeação de Miguel para Vice-Presidente fui eu quem fiz. O padre me nomeou Presidente, e eu, como Presidente, nomeei Miguel Vice-Presidente. Nossas mulheres foram logo nomeadas, uma Presidenta e a outra Vice-Presidenta das Filhas de Maria. O senhor não está vendo o manto azul? É o manto do cordão de Nossa Senhora.

— Severino!

— Diga, chefe!

— Essas mulheres estão com manto azul?

— Estão, sim senhor.

— Por que não disse logo? Bem, podem ir.

— E o outro? — perguntou Malaquias, como por acaso.

— Ele é alguma coisa na Irmandade?

— Não, parece que ele é ateu, mas é o dono de todos esses burros.

— Severino!

— Fale, Seu Rei!

— Faça com os animais o que fez com as ancoretas. Comece pelos que trouxeram a cachaça, que são os mais pecadores.

— Vai sujar o pátio da igreja de sangue.

— Leve lá para trás, e mate tudo lá. Tudo isso é riqueza e ostentação, coisas do Diabo.

Levaram os animais para o local designado e, daí a pouco, soaram os tiros. Sinfrônio botou os dois dedos nos ouvidos para não ouvir aquela barbaridade, mas, mesmo assim, a cada pipoco, estremecia como se o tiro fosse nele. Malaquias, aflitíssimo, teve uma ideia salvadora:

— Seu Bispo, mate os burros, está certo! Mas ali existem quatro animais sagrados, que não devem morrer.

— Como é que eu vou saber quais são?

— Eles estão ferrados com o Sino-Salomão. Pertencem à Irmandade.

— Vão lá! Se houver mesmo quatro bichos marcados com esse sinal sagrado, tragam cá!

Daí a pouco o homem encarregado da missão voltava com o "Rei de Ouro", a "Melada", o jumento "Governador" e a jumenta de Dona Cascalha. O rei examinou as marcas.

— Está bem. Severino! Agora pegue o homem que não é da Irmandade e fuzilem.

— Mas Seu Rei... — disse Malaquias frouxamente.

— Não me peça nada por esse ateu. Vou mandar matar ele e não tem por onde. Peguem essa peste!

Agarraram o cavalariano, que começou a estrebuchar, mas mesmo assim foi dominado.

— Tapem os olhos dele com um pano.

— Que pano?

— Qualquer um! Rasguem a camisa dele e tirem um pedaço!

Arrancaram a camisa de Sinfrônio e, nesse momento, pendurada ao pescoço dele por uma corrente, apareceu uma cruz de ouro com a imagem do Cristo.

— Espera, Severino!

O rei foi até lá e olhou a medalha.

— Esse homem é devoto! Soltem ele também. Tomem o rifle desse e a espingarda desse aqui!

— Como é que a gente vai se defender por aí, por essas estradas? — disse Malaquias.

— Eu deixo as facas e por muito favor. Para quem é Cavaleiro de Nossa Senhora, basta a proteção de Deus. O rifle e a espingarda ficam aqui, para meu exército. Pronto! Peguem os animais marcados com o Sino-Salomão e desabem daqui antes que eu me arrependa!

Os cinco montaram rapidamente e, mais rapidamente ainda, saíram do arraial perigoso de Dom Pedro Depois, Rei do Sertão e Arcebispo da Paraíba.

Somente quando se viram de novo no começo da estrada, perto do serrote, foi que respiraram mais aliviados.

— Que situação! — disse Malaquias. — Perdemos toda a cachaça, todo o trabalho!

— E os burros! — disse Sinfrônio. — Malaquias, o que foi aquilo de sua conversa com o homem? Não ouvia direito do lugar onde estava! Como você conseguiu se livrar?

— Disse que era Presidente da Irmandade e mostrei a nomeação do padre.

— E nós? Como foi que você nos salvou? — interrogou Silviana, sorrindo.

— Eu disse que vocês eram da Associação das Filhas de Maria.

— Quem ia se lascando era eu! — disse Sinfrônio de cara amarrada.

— Que nada, rapaz! Eu disse logo que você tinha aquela medalha e eles foram ver.

— E foi? Eu pensei que iam me matar, como mataram meus burros!

— Nada, era pra ver a medalha! Você foi quem quase estraga tudo, reagindo. Vi a hora você morrer!

Andaram mais uma porção e, daí a pouco, o sol começou a baixar. Malaquias olhou para lá, preocupado:

— A noite chega já. Mas deixaram pelo menos comida e água pra gente, aqueles desgraçados! Vamos parar por aqui, debaixo desse imbuzeiro. Miguel, vamos dar uma volta pra ver se a gente acha algum poço, por aí. Choveu por aqui, olhe o chão! Vocês fiquem aqui, que eu vou com Miguel!

LII

O cavalariano ficou, com as duas mulheres, debaixo do imbuzeiro, e Malaquias e Miguel picaram os animais e começaram a beirar o riacho.

— O plano falhou na parte da riqueza, Miguel. Só resta à gente agora a parte do amor.

— O que é que o senhor está me dizendo, Seu Malaquias?

— Vou matar aquele cigano desgraçado, Miguel.

— Patrão!

— É o jeito! Fiz tudo pra aquele peste morrer sem ser por minha mão e não houve jeito. Parece que é mesmo vontade de Deus. Olhe, eu trouxe uma vela! Está aqui, no bolso da carona. Não quero carregar com o pecado de mandar Sinfrônio para o inferno. Eu vou ver se arranjo um jeito de dar uma facada nele. Se eu der, antes dele morrer, você corra e bote a vela na mão dele. Assim ele vai pra o céu e eu me livro do pecado maior.

— Mas patrão...

— Você quer ou não quer a Cascalha? Eu quero Silviana!

— E vai casar com ela? O senhor jurou pela bandeira de Nossa Senhora!

— Você está maluco, Miguel? Eu jurei porque ela só é casada com Sinfrônio no civil. Mesmo que ela enviúve dele, tem o outro marido, e eu jurei ao padre só casar nos dois casamentos duma vez.

— Patrão, o senhor é o maior. Mas o jeito é matar o cavalariano?

— É, Miguel. Olhe aqui: tem um poço aqui entre essas pedras. Vamos voltar e chamar o pessoal.

— Mas patrão, matar o homem...

— Miguel, deixe de ser mole! Eu também não quero não, mas é o jeito! Já perdi o golpe da malvada, mas o da mulher eu não perco de jeito nenhum. Como vai você com a Cascalha?

— E eu sei, patrão... A mulher não diz nada, não ajuda, não dá uma mão...

— Miguel, eu já descobri como é Cascalha: ela está pelo que vier. Se a patroa dela ficar comigo, ela fica com você.

— O senhor jura? Garante arranjar isso?

— Garanto. Você me ajuda?

— O que é que eu tenho que fazer?

— É pouca coisa, Miguel. Você é mesmo que gato pra ver de noite e andar macio. Só quero de você duas coisas: que, de madrugada, você furte a faca de Sinfrônio; e, de manhã, quando ele for banhar o rosto no poço, vá por trás e agarre o bicho, quando eu lhe fizer sinal.

— Na frente das mulheres, patrão?

— Não, elas vão sair para tomar banho, noutro lugar. Quando voltarem, o serviço já está feito. Aí, a gente diz que eu ameacei Sinfrônio e ele resolveu desabar. Está certo?

— Está.

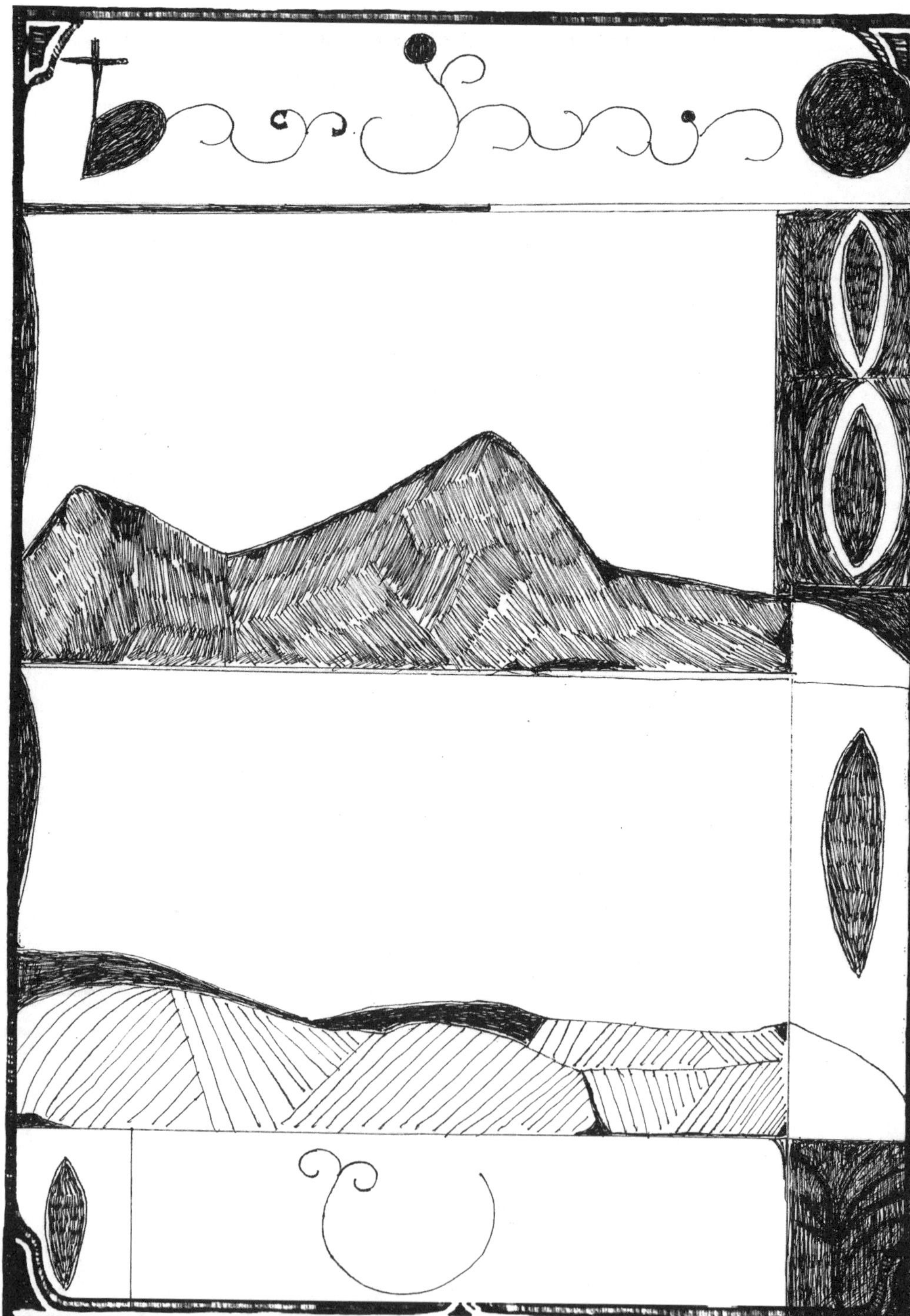

LIII

Voltaram ao imbuzeiro.

— Aqui perto tem um poço, com água boa, num lugar danado de bonito, cheio de pedras. Vamos dormir lá — disse Malaquias.

Montaram e se encaminharam para o poço, onde comeram já na boca da noite. Malaquias e Miguel armaram duas redes para Silviana e Cascalha e depois se espicharam os três homens no chão para dormir.

Daí a um bom pedaço, Sinfrônio começou a roncar e Miguel Biôco, com seu passo de gato, foi se levantando. Malaquias falou, com ar casual:

— Eu só fico danado é quando me lembro daqueles pestes matando daquele jeito vinte e sete burros!

— Vinte e oito! — disse Sinfrônio, e Miguel deitou-se de novo.

— Sinfrônio! — disse Malaquias.

— Hein?

— Estás acordado?

— Estou! E eu posso lá dormir, me lembrando de meus burros!

— Você estava roncando!

— Poder ser! E você estava dormindo?

— Não, estava me lembrando das minhas ancoretas de cachaça! Olha, Miguel, pegue ali a viola e vamos cantar um pouco até o pessoal dormir e chegar o sono na gente!

— A gente canta um romance amolecado?

— Não, que esses espantam sono, Miguel. Vamos cantar um negócio bem chato, pro pessoal dormir logo e chegar sono na gente também. Tome lá o tema: "O pecador não é nada."

"Morre tudo neste mundo,
mergulha na terra fria,
nada terá garantia,
e é em menos dum segundo.
Desde o rico ao vagabundo,
segue numa só estrada.
E não tem hora marcada
pra fazer esta partida,

logo se acaba esta vida,
que o pecador não é nada.

Nunca me sai da lembrança
Napoleão Bonaparte,
que se exercitou na arte
de brigar desde criança,
querendo tomar vingança
com sua constante espada;
porém na hora marcada
a morte lhe tocaiou,
botou-lhe um cerco e matou,
que o pecador não é nada.

Vejo o rico se orgulhando
por ter o nome de nobre:
quando passa por um pobre
sempre sai repugnando,
por ver um pobre passando
uma vida aperreada.
O pobre segue na estrada
que segue o milionário;
diz quem não for usurário:
o pecador não é nada!"

— É uma verdade! — disse Sinfrônio; e Malaquias, fazendo um ar de impaciência, continuou:

"Quem já leu de Pedro Cem
a sua biografia,
já viu que ele vivia
no mundo como ninguém.
Nunca quis fazer o bem

a uma pobre coitada.
Sua fortuna avultada
em três dias liquidou-se,
e ele esmolando findou-se,
que o pecador não é nada!"

— Conheço a história dele, *Vida de Pedro Cem, que Ontem Teve e Hoje Não Tem*! — disse Sinfrônio. — Maria do Badalo cantava ela quando eu era menino!

Os dois cantaram de novo:

"Rotixildes possuía
dinheiro que se espantava:
nem no chão nunca pisava
pelos insetos que via.
Escravos o conduziam
numa cadeira dourada,
porém na hora marcada
seu riso findou-se em choro:
morreu, deixou todo o ouro,
que o pecador não é nada!

Nunca me esquecerei
de um grande Marechal:
que, com mau plano, fez mal
àquele nosso bom Rei.
Nos livros eu decorei
de Deodoro a charada,
que fez traição, cilada
contra Dom Pedro Segundo:
morreu e saiu do mundo
que o pecador não é nada."

Nesse passo, Sinfrônio, não resistindo à latomia lamentosa de Miguel e Malaquias, caiu no mais pesado dos sonos. Os dois ficaram batendo nas cordas um pedaço, para embalar ainda mais o sono de todos, e depois depuseram as violas bem de mansinho, espichando-se no chão. Aí, Miguel levantou-se mais de mansinho ainda e, indo até Sinfrônio, conseguiu furtar-lhe a faca, retirando a lâmina da bainha, que ficou ali no cinturão.

LIV

De manhã, sucedeu tudo como tinham previsto. Silviana e Maria Cascalha saíram para um lugar mais acima do riacho, e os três homens começaram a se ajeitar por ali. Malaquias armou três pedras no chão, e começou a trazer uns gravetos para fazer fogo. No momento em que viu que Sinfrônio se dirigia ao riacho, pegou uma panela de barro e foi para lá, enchê-la, fazendo com os olhos um sinal a Miguel. Este, quando viu os dois na beira do poço, postou-se atrás do cavalariano e, de repente, num salto, agarrou-o por cima dos braços. Ao mesmo tempo, Malaquias largava a panela e, puxando a faca, partiu para Sinfrônio.

— Epa! O que é isso? Miguel, você está doido?

— Não está doido nada, seu cavalariano de merda! — disse Malaquias, colocando-lhe a faca na garganta. Sinfrônio, debatendo-se, levou a mão ao cinturão para pegar a faca.

— Sua faca está aqui! — disse Malaquias, puxando-a do bolso com a mão esquerda e encostando-a também na garganta do cavalariano. — Não se mexa não, porque não adianta!

— Mas Malaquias, o que é isso? — disse Sinfrônio, espantado.

— O que é isso é que eu fiz tudo isso com esperança de que você morresse pra eu ficar com Silviana. Você não morreu, e o jeito agora é eu lhe matar! E é agora! Reze porque vai morrer!

— Mas Malaquias...

— Não tem nada de Malaquias! Vá logo, que eu não quero gastar minha raiva não, senão posso afracar. E hoje eu tomo aquela mulher pra mim, de todo jeito!

— Mas espere, homem! Tudo pode se resolver!

— Como?

— Olhe, Malaquias, eu não sou idiota não! Desde o começo que estou de olho em você. Você não morreu porque eu precisava de você até terminar o negócio da cachaça! Mas eu também ia matar você!

— Por causa de Silviana?

Nesse momento, Silviana e Cascalha, que vinham chegando, avistaram a cena. Cascalha foi abrindo a boca pra gritar, mas Silviana tapou-a, e fez-lhe um sinal de silêncio.

— Por causa de Silviana coisa nenhuma, Malaquias! Meu plano era acabar com você pra ficar com o dinheiro da cachaça e com o "Rei de Ouro"!

— Com o "Rei de Ouro"?

— Sim, esse cavalo é o sonho e o pesadelo de minha vida. Pesadelo porque é seu. E sonho, porque meu maior desejo era arranjar a "Melada" e o "Rei de Ouro", a melhor égua e o melhor cavalo, todos dois com as crinas cor de ouro. Eu queria tirar raça deles.

— E ia me matar por causa do dinheiro e do cavalo! Ah cabra safado!

— E você não ia me matar por causa do dinheiro e da mulher?

— *Ia*, não, *vou* e é agora mesmo!

— Eu disse *ia* porque o dinheiro da malvada já foi embora!

— Mas inda tem a mulher, e essa eu quero!

— Você vai cometer um crime sem precisão, Malaquias! Por que não me deixa com vida fazendo um acordo comigo?

— Um acordo? Qual é?

— Eu troco Silviana pelo "Rei de Ouro"!

— Ah cabra safado! — disse Silviana com ódio.

— É como lhe digo, moça! Pra mim, o "Rei de Ouro" vale qualquer mulher!

— Está vendo, Silviana? Você ouviu tudo?

— Ouvi.

— Eu não lhe dizia que esse desgraçado tem sangue de cigano, sangue de cavalo, de jumento, do diabo, e é capaz de trocar tudo? Silviana, você quer ver até onde vai a alma de cigano desse peste? Fique aí calada e não diga nada. Olhe, Sinfrônio, como é o negócio?

— Você é quem diz as condições, porque quem fez a proposta fui eu. Aí a gente discute.

— Você me dá Maria Cascalha pela "Melada", quero ela pra Miguel.

— Você aceita, Cascalha?

— Hum! Eu não digo! Pra mim, tanto faz! — disse Cascalha, num muxoxo.

— Pois topo! — disse Sinfrônio.

— E Silviana pelo "Rei de Ouro"?

— É, eu não já disse?

— O "Rei de Ouro" vale muito e eu quero uma volta!

— O que é?

— Aquele anel de pedra amarela que eu lhe dei.

— Topo, tome!

— Está vendo, Silviana? Viu como ele negociou você?

— Vi! Ah desgraçado!

— Se é por isso — disse o cavalariano calmamente e já pegando nas rédeas da "Melada" e do "Rei de Ouro" —, você mesmo avaliou o "Rei de Ouro" mais caro do que Silviana, porque ainda pediu o anel de volta!

— Pedi somente porque não quero você com anel que faça parelha com o de Silviana mais não, viu, Sinfrônio? Olhe!

E Malaquias jogou o anel no fundo do poço.

— Está vendo? Homem faz é assim! Aprenda, Sinfrônio, porque você perdeu Silviana pra mim no dia em que me deixou botar o anel na mão dela. E você deixar isso, com sua mulher...

— Epa, com minha mulher não! Você pensa que eu sou corno, é, Malaquias? Eu só deixei tudo aquilo, primeiro, porque já estava no plano de lhe tomar o "Rei de Ouro". Você não sabe aqueles homens de Santa Rita que tentaram comprar ele a você?

— Sei.

— Eles iam comprar o "Rei de Ouro" pra mim.

— Ah safado!

— Depois, eu deixei você cantar Silviana na minha frente porque ela não tem nada de minha mulher.

— Hein?

— Eu não sou casado com ela não.

— Eu já sei, só é no civil. No religioso, ela é casada com o coronel de Santa Rita.

— Eu não sou casado com ela, nem no civil nem no religioso! Nem o coronel, também. O pai de Silviana deu ela ao coronel. Ele nunca se casou com ela não. Era amigado! Eu passei, fiquei com pena porque ele maltratava ela, carreguei, mas nunca me casei não.

— É verdade, Silviana?

— É, Malaquias!

— E por que você me enganou, Silviana?

— Pra você não ter desprezo por mim e casar comigo, Malaquias. Sempre sonhei com isso, com um homem assim como você, alegre e bom, que gostasse de mim e que casasse comigo no padre e no juiz. Você jurou que casava!

— É verdade! — disse Malaquias, preocupado.

— É verdade, Malaquias? — disse Sinfrônio com ar triunfante. — Pois meus parabéns! Você arranjou uma noiva de terceira mão. Vai ser um caso esquisito: corno de véspera, antes de casar!

— Malaquias! — disse Silviana, com os olhos cheios d'água. — Você não me quer mais não?

Malaquias, de rosto baixo, não dizia nada.

— Está certo! — disse Silviana com voz trêmula. — Pode ir descansado, que eu não vou cobrar seu juramento não!

Malaquias levantou o rosto radiante:

— Pronto, Silviana, era isso o que eu queria ouvir! Agora eu caso com você de qualquer jeito! Está vendo, Sinfrônio, cavalariano safado, sangue de cigano, vendedor da alma dos outros? Está vendo o tesouro que você perdeu? Isso é mulher de rei, Sinfrônio!

— Você está satisfeito com a troca?

— Estou.

— Pois faça bom proveito, que eu também estou.

E, montado na "Melada", puxando a rédea do "Rei de Ouro", picou o animal e disse:

— Vamos embora, "Rei de Ouro"! Vamos, rei dos cavalos da Paraíba!

Malaquias viu o cavalariano se afastar, meio melancólico. Mas logo, galantemente, tirou o manto e colocou-o no chão para Silviana ir até a jumenta de Cascalha; ela se aproximou, deteve-se. Ele apanhou o manto, recolocou-o nos ombros e endireitou a bandeira.

— Você vai deixar essa bandeira aí? — perguntou Silviana.

— Vou, por quê?

— É que eu não queria andar com bandeira nenhuma que não fosse a do meu marido, Malaquias!

— Deixa de besteira, Silviana! Essa bandeira nunca foi nem do Doutor João Pessoa nem do Coronel José Pereira! Essa bandeira é a minha e essas letras querem dizer Pavão, o Jaguar da Paraíba!

— Bonito, patrão! — disse Miguel. — Só me dói é ver tanta grandeza e um casal tão bonito montados numa jumenta. O senhor e Dona Silviana mereciam o "Rei de Ouro" e a "Melada"!

— Deixa de besteira, Miguel! Silviana é uma princesa, em qualquer lugar! Uma jumenta onde Silviana está montada fica logo engrandecida, e essa aqui, pra mim, estando com ela, é mesmo que o trono de Dom Pedro Segundo! Vamos, minha Silviana, minha eguinha branca das crinas castanhas! Vamos, Rainha das Garças do Sertão!

E Miguel, montando com a Cascalha:

— Eu digo o mesmo de você, minha cascalha, minha pedra, rainha dos lajedos dessas estradas!

E picando o jumento, com Cascalha na garupa:

— Vamos embora, "Presidente"!

E foi assim que Malaquias Pavão, o Sedutor, conseguiu Dona Silviana, a-dos-Braços-Brancos, e, com seu estribeiro Miguel Biôco e a dama de companhia Maria Cascalha, partiu para novas aventuras e cavalarias no Reino do Sertão do Nordeste.

Recife, 7-III-66
30-III-66

Cronologia de Ariano Suassuna

Carlos Newton Júnior

1927

Nascimento de Ariano Vilar Suassuna, a 16 de junho, na cidade da Paraíba (atual João Pessoa), capital do Estado da Paraíba. Oitavo dos nove filhos do casal João Urbano Suassuna e Rita de Cássia Villar Suassuna, Ariano nasce no Palácio do Governo, pois seu pai exercia, à época, o cargo de presidente da Paraíba, o que equivale ao atual cargo de governador.

1928

A 22 de outubro, terminado o seu mandato, João Suassuna passa o cargo de presidente a João Pessoa. A família Suassuna volta a seu lugar de origem, o sertão da Paraíba, indo residir na fazenda Acauhan, pertencente a João Suassuna e localizada no atual município de Aparecida.

1929

Iniciam-se, na Paraíba, as dissensões políticas que antecedem a Revolução de 30.

1930

Começa a luta armada, na Paraíba. O coronel José Pereira Lima, líder político do município de Princesa e aliado de João Suassuna, declara a independência do seu município, que passa a se chamar Território Livre de Princesa, resistindo às investidas das tropas de João Pessoa. A 26 de julho, o presidente João Pessoa, que se encontrava no Recife, é assassinado por João Dantas. Entre os dias 3 e 4, rebenta a Revolução de 30, na Paraíba. A 6 de outubro, João Dantas é assassinado na Casa de Detenção do Recife. A 9 de outubro, João Suassuna, então deputado federal, que viajara ao Rio de Janeiro para defender-se, junto à Câmara dos Deputados, da injusta acusação de cúmplice no assassinato de João Pessoa, é por sua vez assassinado, aos 44 anos de idade, na Rua do Riachuelo, por um pistoleiro de aluguel, a mando da família Pessoa.

1933

D. Rita, agora chefe da família Suassuna, muda-se para Taperoá, sertão da Paraíba, ficando sob a proteção dos seus irmãos.

1934-1937

Em Taperoá, Ariano Suassuna estuda as primeiras letras, primeiro em casa, depois na escola, com os professores Emídio Diniz e Alice Dias. Assiste, pela primeira vez na vida, a um desafio de viola, uma peleja travada entre os cantadores Antônio Marinho e Antônio Marinheiro. Numa feira, assiste também, pela primeira vez, a uma peça de mamulengo, o tradicional teatro de bonecos do Nordeste. Dona Rita, em dificuldades financeiras, vende a fazenda Acauhan, para custear a educação dos filhos.

1938-1942

Ariano Suassuna faz o curso ginasial no Colégio Americano Batista, no Recife, em regime de internato, passando os períodos de férias escolares em Taperoá. Seus primeiros mestres de literatura são de Taperoá: os tios Manuel

Dantas Villar, "meio ateu, republicano e anticlerical", e Joaquim Duarte Dantas, "monarquista e católico". O primeiro lhe indica leituras de Eça de Queiroz, Guerra Junqueiro e Euclydes da Cunha; o segundo, a leitura de *Dom Sebastião*, de Antero de Figueiredo. Muitos dos livros que lê são encontrados na biblioteca deixada por João Suassuna, que foi um grande leitor. Em 1942, a família Suassuna fixa-se no Recife. A 30 de novembro de 1942, Ariano discursa como Orador da Turma na solenidade de encerramento do curso ginasial.

1943

Estuda no Ginásio Pernambucano (Colégio Estadual de Pernambuco), no Recife. Torna-se amigo, no colégio, de Carlos Alberto de Buarque Borges, que o inicia em música erudita e em pintura.

1945

Estuda no Colégio Oswaldo Cruz, no Recife, tornando-se amigo do pintor Francisco Brennand, seu colega de turma. A 7 de outubro, inicia-se na vida literária, com a publicação do poema "Noturno", no *Jornal do Commercio*, do Recife.

1946

Ingressa na tradicional Faculdade de Direito do Recife. Na Faculdade, junta-se ao grupo que, liderado por Hermilo Borba Filho, retoma, sob nova inspiração teórica, o Teatro do Estudante de Pernambuco (TEP). Torna-se amigo do poeta e tradutor José Laurenio de Melo. Organiza, com o apoio do Diretório Acadêmico de Direito, uma apresentação de cantadores, levada ao palco do Teatro Santa Isabel, no Recife, a 26 de setembro. Dá início à publicação dos seus primeiros poemas ligados ao romanceiro popular nordestino, em periódicos acadêmicos e suplementos de jornais do Recife.

1947

Baseando-se no romanceiro popular nordestino, escreve a sua primeira peça de teatro, *Uma Mulher Vestida de Sol*. A peça, que não é encenada, recebe, no ano seguinte, o Prêmio Nicolau Carlos Magno.

1948

Escreve a peça *Cantam as Harpas de Sião*, montada no mesmo ano, pelo TEP, com direção de Hermilo Borba Filho e cenário e figurinos de Aloisio Magalhães. A peça estreia a 18 de setembro, durante a inauguração da "Barraca", palco erguido no Parque Treze de Maio, no Recife, sob inspiração do trabalho de García Lorca. O primeiro ato de *Uma Mulher Vestida de Sol* é publicado na revista *Estudantes*, do Diretório Acadêmico da Faculdade de Direito.

1949

A 6 de março, conclui a peça *Os Homens de Barro*, iniciada no ano anterior.

1950

Escreve a peça *Auto de João da Cruz*, com a qual recebe o Prêmio Martins Pena. Forma-se em Direito, pela Faculdade de Direito da Universidade do Recife (atual Universidade Federal de Pernambuco). Adoece de tuberculose, indo para Taperoá, à procura de bom clima para se tratar.

1951

Em Taperoá, para receber sua noiva Zélia e alguns familiares seus que o foram visitar, escreve seu primeiro trabalho ligado ao cômico, uma peça para mamulengo, intitulada *Torturas de um Coração ou Em Boca Fechada não Entra Mosquito*, peça por ele mesmo montada, com acompanhamento musical do "terno de pífanos" de Manuel Campina. Converte-se ao catolicismo. É publicado, pela Livraria-Editora da Casa do Estudante do Brasil, do Rio de Janeiro, *É de Tororó — Maracatu*, primeiro volume da Coleção Danças Pernambucanas, contendo o seu ensaio "Notas sobre a música de Capiba".

1952

De volta ao Recife, trabalha como advogado no escritório do jurista Murilo Guimarães. Escreve a peça *O Arco Desolado*, com a qual participa de concurso organizado pela Comissão do IV Centenário da Cidade de São Paulo.

1953

Escreve *O Castigo da Soberba*, entremez baseado em folhetos da literatura de cordel. Assina coluna literária no jornal *Folha da Manhã*, do Recife.

1954

Escreve *O Rico Avarento*, entremez baseado numa peça tradicional do mamulengo nordestino. Ministra curso de teatro no Colégio Estadual de Pernambuco, dirigindo os estudantes numa montagem de *Antígona*, de Sófocles, que ele mesmo traduziu, e cuja estreia se dá a 9 de novembro, no Teatro Santa Isabel, com cenário e roupagens de Aloisio Magalhães. Participa do grupo de artistas, escritores e intelectuais que funda O Gráfico Amador (1954-1961), importante movimento de artes gráficas sediado no Recife.

1955

A 24 de maio, estreia a sua tradução da peça *A Panela*, de Plauto, montada pelo Teatro do Colégio Estadual de Pernambuco, ainda sob sua direção, com cenário e roupagens de Aloisio Magalhães. Escreve a peça *Auto da Compadecida*. Publica o poema *Ode*, em edição de O Gráfico Amador, do Recife.

1956

Estreia, em abril, no núcleo do SESI de Santo Amaro, no Recife, nova montagem de *A Panela*, de Plauto, sob sua direção, agora encenada por um grupo de operários. A 14 de maio, dia do aniversário do Colégio Estadual de Pernambuco, o grupo de teatro do Colégio apresenta, sob sua direção, a peça em ato único *O Processo do Cristo Negro*, que escreve num só dia e que é, nas suas palavras, "uma espécie de 'facilitação' do terceiro ato do *Auto da Compadecida*". É convidado para ensinar Estética na Universidade do Recife (atual Universidade Federal de Pernambuco) e abandona definitivamente a advocacia. Escreve o seu primeiro romance, *A História do Amor de Fernando e Isaura*, que permanecerá inédito até 1994. A 11 de setembro, o *Auto da Compadecida* estreia no Teatro Santa Isabel, em montagem do Teatro Adolescente do Recife, sob a direção de Clênio Wanderley, com cenário de Aloisio Magalhães. A partir de 12 de setembro, a convite de Mauro Mota, passa a assinar coluna sobre teatro no *Diário de Pernambuco*.

1957

Casa-se, a 19 de janeiro, dia do aniversário de nascimento do seu pai, com a artista plástica Zélia de Andrade Lima. Viaja para o Rio de Janeiro, em lua de mel, e assiste à consagradora apresentação do *Auto da Compadecida* no Primeiro Festival de Amadores Nacionais, promovido pela Fundação Brasileira de Teatro e realizado no mês de janeiro, no Teatro Dulcina. A peça é apresentada no dia 25, pelo mesmo Teatro Adolescente do Recife, dirigido por Clênio Wanderley, e é logo considerada pela melhor crítica do país uma obra-prima, recebendo a Medalha de Ouro do Festival. De 10 de junho a 26 de julho, escreve a peça *O Casamento Suspeitoso*. A 27 de julho, estreia, pelo Teatro Amador Sesiano de Pernambuco, sob sua direção, a peça *As Trapaças de Escapim*, de Molière, que ele próprio traduziu, com figurino assinado por sua irmã, Germana Suassuna, e cenário de Juvêncio Lopes. A 30 de setembro, nasce seu primeiro filho, Joaquim. Em outubro, o *Auto da Compadecida* é publicado pela editora Agir. De 7 a 18 de novembro, escreve a peça *O Santo e a Porca*.

1958

A 6 de janeiro, no Teatro Bela Vista, em São Paulo, estreia a peça *O Casamento Suspeitoso*, em montagem da Companhia Nydia Licia/Sérgio Cardoso, sob direção de Hermilo Borba Filho. Entre janeiro e março, reescreve a sua primeira peça, *Uma Mulher Vestida de Sol*. A peça *O Santo e a Porca* estreia no Teatro Dulcina, no Rio, a 5 de março, em montagem da companhia Teatro Cacilda Becker, sob direção de Ziembinski. De 12 a 13 de maio, reescreve a peça *Cantam as Harpas de Sião*, mudando seu título para *O Desertor de Princesa*. Em junho, encerra sua coluna teatral no *Diário de Pernambuco*. A 21 de julho, no Teatro Santa Isabel, no Recife, é apresentada uma montagem do *Auto de João da Cruz*, pelo Teatro do Estudante da Paraíba, sob a direção de Clênio Wanderley, no âmbito do I Festival Nacional de Teatros de Estudantes. A 4 de outubro, nasce sua filha Maria das Neves.

1959

Escreve a peça *A Pena e a Lei*, a partir do entremez *Torturas de um Coração*, de 1951. Funda, com Hermilo Borba Filho, o Teatro Popular do Nordeste

(TPN). O *Auto da Compadecida* é publicado na Polônia, na revista *Dialog*, em tradução de Witold Wojciechowski e Danuta Zmij (*Historia o Milosiernej czyli Testament Psa*).

1960

A Pena e a Lei estreia a 2 de fevereiro, no Teatro do Parque, no Recife, em montagem do TPN, sob direção de Hermilo Borba Filho. A 4 de outubro, nasce seu filho Manuel. Escreve a peça *Farsa da Boa Preguiça*. Forma-se em Filosofia, pela Universidade Católica de Pernambuco. O *Auto da Compadecida* é publicado em Portugal, na Coleção Teatro no Bolso, impresso na Editora Gráfica Portuguesa, de Lisboa, sem referência ao ano da edição.

1961

A *Farsa da Boa Preguiça* estreia a 24 de janeiro, no Teatro de Arena do Recife, sob a direção de Hermilo Borba Filho, com cenários e figurinos de Francisco Brennand. A peça *O Casamento Suspeitoso* é publicada pela Editora Igarassu, do Recife. Escreve *A Caseira e a Catarina*, peça em um ato.

1962

A 25 de novembro, nasce sua filha Isabel. Publica, na revista *DECA*, do Departamento de Extensão Cultural e Artística da Secretaria de Educação e Cultura de Pernambuco, nº 5, a primeira parte da *Coletânea da Poesia Popular Nordestina: Romances do Ciclo Heroico*.

1963

Publica, na revista *DECA*, nº 6, a segunda parte da *Coletânea da Poesia Popular Nordestina: Romances do Ciclo Heroico*. O *Auto da Compadecida* é publicado nos Estados Unidos, pela Editora da Universidade da Califórnia, em tradução de Dillwyn F. Ratcliff (*The Rogues' Trial*).

1964

Publica, na revista *DECA*, nº 7, a terceira e última parte da *Coletânea da Poesia Popular Nordestina: Romances do Ciclo Heroico*. As peças *Uma Mulher Vestida de Sol* e *O Santo e a Porca* são publicadas pela Imprensa Universitária da Universidade do Recife. A 21 de junho, nasce sua filha Mariana. A 23 de dezembro, deixa o Teatro Popular do Nordeste (TPN).

1965

O *Auto da Compadecida* é publicado na Holanda, pela fundação Ons Leekenspel, de Bussum, em tradução de J. J. van den Besselaar (*Het Testament van de Hond*), e na Espanha, pelas Edições Alfil, de Madrid, em tradução de José María Pemán (*Auto de la Compadecida*).

1966

A peça *O Santo e a Porca* é publicada na Argentina, pelas edições Losange, de Buenos Aires, em tradução de Ana María M. de Piacentino (*El Santo y la Chancha*), junto com a peça *Lisbela e o Prisioneiro*, de Osman Lins, em tradução de Montserrat Mira (*Lisbela y el Prisionero*). De 7 a 30 de março, escreve o romance *O Sedutor do Sertão ou O Grande Golpe da Mulher e da Malvada*, inicialmente pensado como roteiro de cinema. A 10 de junho, nasce sua filha Ana Rita.

1967

Recebe, da Assembleia Legislativa do Estado de Pernambuco, o título de Cidadão de Pernambuco. Por indicação de Rachel de Queiroz, torna-se membro fundador do Conselho Federal de Cultura.

1968

Torna-se membro fundador do Conselho Estadual de Cultura de Pernambuco.

1969

O reitor Murilo Guimarães o nomeia diretor do Departamento de Extensão Cultural (DEC) da Universidade Federal de Pernambuco. Inicia, no DEC, os trabalhos que irão abrir caminho para o lançamento, no ano seguinte, do Movimento Armorial. Estreia o filme *A Compadecida*, do diretor George Jonas, primeira versão cinematográfica da peça *Auto da Compadecida*.

1970

Recebe, a 3 de outubro, da Câmara Municipal de Taperoá, Paraíba, o diploma de Cidadão Taperoaense. A 9 de outubro, data do aniversário da morte de João Suassuna, conclui o *Romance d'A Pedra do Reino e o Príncipe do Sangue do Vai-e-Volta*, que começara a escrever a 19 de julho de 1958, no dia do aniversário de sua esposa Zélia. Com o concerto *Três Séculos de Música Nordestina — do Barroco ao Armorial* e uma exposição de artes plásticas, é lançado oficialmente, a 18 de outubro, na Igreja de São Pedro dos Clérigos, no Recife, o Movimento Armorial, por ele idealizado para procurar uma arte erudita brasileira a partir da cultura popular. O *Auto da Compadecida* é publicado na França, pela Editora

Gallimard, em tradução de Michel Simon-Brésil (*Le Jeu de la Miséricordieuse ou Le Testament du Chien*).

1971

A peça *A Pena e a Lei* é lançada, em junho, pela Editora Agir. Em agosto, é publicado, pela Editora José Olympio, o *Romance d'A Pedra do Reino*. Para o exemplar do editor, escreve a seguinte dedicatória: "Mestre José Olympio: A única coisa que posso lhe dizer neste momento é que a edição deste livro por você era um sonho meu. Estou, então, não é alegre, não: é profundamente orgulhoso. Com o afetuoso abraço de Ariano. Rio, 1. IX. 71."

1972

Funda o Quinteto Armorial. O *Romance d'A Pedra do Reino* recebe o Prêmio Nacional de Ficção, do Instituto Nacional do Livro — INL/MEC. Deixa o Conselho Estadual de Cultura de Pernambuco. Estreia, no *Jornal da Semana*, do Recife, na edição de 17 a 23 de dezembro, uma página literária semanal, intitulada "Almanaque Armorial do Nordeste".

1973

Desliga-se do Conselho Federal de Cultura.

1974

A Editora José Olympio publica três de suas peças: em janeiro, em volume único, *O Santo e a Porca* e *O Casamento Suspeitoso*; em maio, a *Farsa da Boa Preguiça*, ambos os volumes com estampas de Zélia Suassuna. Encerra a publicação do "Almanaque Armorial do Nordeste" no *Jornal da Semana*, na edição de 2 a 8 de junho. A Editora universitária da Universidade Federal de Pernambuco publica *O Movimento Armorial*, contendo a base teórica do Movimento lançado em 1970. É publicado, pelas Edições Guariba, do Recife, o álbum *Ferros do Cariri: Uma Heráldica Sertaneja*. A 1º de outubro, é dispensado, a pedido, da direção do DEC/UFPE. Em dezembro, a Editora José Olympio publica, em convênio com o INL/MEC, a *Seleta em Prosa e Verso de Ariano Suassuna*, com estudo, comentários e notas de Silviano Santiago e estampas de Zélia Suassuna, livro que será lançado no início do ano seguinte.

1975

Publica *Iniciação à Estética*, pela Editora da Universidade Federal de Pernambuco. A convite do prefeito Antônio Farias, assume o cargo de secretário de educação e cultura do Recife. A 15 de novembro, dá início à publicação de "Ao Sol da Onça Caetana", primeiro livro da *História d'O Rei Degolado nas Caatingas do Sertão*, em folhetim semanal no *Diário de Pernambuco*. A 18 de dezembro, com a estreia, no Teatro Santa Isabel, da Orquestra Romançal Brasileira, por ele fundada, encerra-se a primeira fase do Movimento Armorial, chamada de "Experimental", iniciando-se a segunda, a fase "Romançal".

1976

A 25 de abril, conclui os folhetins do primeiro livro de *O Rei Degolado*, iniciando, a 2 de maio, a publicação do segundo, intitulado "As Infâncias de Quaderna", no mesmo *Diário de Pernambuco*. A 18 de junho, estreia, no Teatro Santa Isabel, o Balé Armorial do Nordeste, por ele idealizado, com direção e coreografia de Flávia Barros. É inaugurada, a 26 de agosto, no Recife, no Casarão João Alfredo, a exposição *Os Dez Anos de Casa Caiada no Mundo do Armorial*, com tapetes criados a partir dos desenhos que realizou para ilustrar o *Romance d'A Pedra do Reino* e a *História d'O Rei Degolado*. A exposição segue para o Rio, sendo inaugurada no

Museu Nacional de Belas Artes, a 16 de dezembro. A 30 de dezembro, defende, na Universidade Federal de Pernambuco, sua tese de livre-docência, intitulada *A Onça Castanha e a Ilha Brasil: uma Reflexão sobre a Cultura Brasileira*, com a qual recebe diploma de doutor em História.

1977

Publicação, em março, pela Editora José Olympio, do primeiro livro da *História d'O Rei Degolado nas Caatingas do Sertão*, intitulado "Ao Sol da Onça Caetana". A 19 de junho, conclui a publicação dos folhetins de "As Infâncias de Quaderna". A 26 de junho, com o artigo "A confissão desesperada", passa a assinar coluna opinativa aos domingos, no mesmo *Diário de Pernambuco*.

1978

A 31 de maio, é exonerado, a pedido, do cargo de secretário de educação e cultura do Recife.

1979

O *Romance d'A Pedra do Reino* é publicado na Alemanha, edição de Hobbit Presse/Klett-Cotta, de Stuttgart, em tradução de Georg Rudolf Lind (*Der Stein des Reiches*).

1980

Lança o álbum de iluminogravuras *Dez Sonetos com Mote Alheio*.

1981

Publica, no *Diário de Pernambuco*, a 9 de agosto, o célebre artigo "Despedida", encerrando a sua colaboração dominical com o jornal e comunicando o seu afastamento da vida literária. Deixa de dar entrevistas e de participar de eventos culturais, limitando-se à sua atividade docente na Universidade Federal de Pernambuco.

1985

Lança o álbum de iluminogravuras *Sonetos de Albano Cervonegro*.

1986

O *Auto da Compadecida* é publicado pela Editora Diá, de St. Gallen/ Wuppertal, em tradução alemã de Willy Keller (*Das Testament des Hundes oder Das Spiel von Unserer Lieben Frau der Mitleidvollen*).

1987

Estreia o filme *Os Trapalhões no Auto da Compadecida*, baseado em sua obra e dirigido por Roberto Farias. A 16 de junho, para comemorar seu aniversário de 60 anos, intelectuais, artistas populares e admiradores em geral promovem uma grande festa em frente à sua residência, na rua do Chacon, no bairro de Casa Forte, no Recife. Também por ocasião do seu aniversário, a Editora da UFPE lança a plaquete *Suassuna e o Movimento Armorial*, de George Browne Rêgo e Jarbas Maciel. Volta a escrever para teatro, com a peça *As Conchambranças de Quaderna*.

1988

Em setembro, a peça *As Conchambranças de Quaderna* estreia no Teatro Valdemar de Oliveira, no Recife, em montagem da Cooperarteatro, com direção de Lúcio Lombardi e cenários e figurinos de Romero de Andrade Lima.

1989

É publicada, pela Editora Record, do Rio de Janeiro, sua tradução do livro *The Revolution that Never Was* (*A Revolução que Nunca Houve*), do escritor norte-americano Joseph A. Page. Aposenta-se do cargo de professor da Universidade Federal de Pernambuco, onde lecionou Estética, História da Arte, Cultura Brasileira, Teoria do Teatro e disciplinas afins.

1990

A 26 de abril, morre sua mãe, D. Rita Suassuna, aos 94 anos. A 9 de agosto, toma posse na Academia Brasileira de Letras (cadeira nº 32). Filia-se, pela primeira vez na vida, a um partido político, o Partido Socialista Brasileiro (PSB).

1991

A 26 de outubro, é publicada, na *Folha de S.Paulo*, uma extensa entrevista concedida a Marilene Felinto e Alcino Leite Neto, anunciando a escritura de um novo romance.

1992

O *Auto da Compadecida* é publicado na Itália, pela Guaraldi/Nuova Compagnia Editrice, em tradução de Laura Lotti.

1993

É realizada, em São José do Belmonte, Pernambuco, por jovens do município, a I Cavalgada à Pedra do Reino. A Editora Francisco Alves, do Rio de Janeiro, lança o livro *O Sertão Medieval: Origens Europeias do Teatro de Ariano Suassuna*, de Ligia Vassallo. A 1º de dezembro, toma posse na Academia Pernambucana de Letras (cadeira nº 18).

1994

A 12 de julho, a Rede Globo de Televisão exibe o especial *Uma Mulher Vestida de Sol*, baseado na sua primeira peça de teatro e dirigido por Luiz Fernando Carvalho. A Editora Bagaço, do Recife, publica o seu primeiro romance, *A História do Amor de Fernando e Isaura*, cujo lançamento ocorre a 7 de outubro. A Editora da Universidade Federal da Paraíba publica a *Aula Magna*, transcrição da conferência que proferiu na instituição a 16 de novembro de 1992.

1995

A convite do governador Miguel Arraes, assume, a 1º de janeiro, a Secretaria de Cultura de Pernambuco. A 28 de maio, participa, em São José do Belmonte, da III Cavalgada à Pedra do Reino, agora organizada pela Associação Cultural Pedra do Reino, que lhe confere o título de Cavaleiro da Pedra do Reino. Em junho, apresenta o Projeto Cultural Pernambuco-Brasil, por ele elaborado para nortear as ações da Secretaria de Cultura, entre as quais se inclui a apresentação de "aulas-espetáculo" contendo explicações "sobre a cultura brasileira popular e erudita, com exibição de números de música e dança ou de imagens ligadas à arquitetura, à escultura, à pintura etc." A 30 de novembro, a Universidade Federal de Pernambuco concede-lhe o título de Professor Emérito. A 5 de dezembro, a Rede Globo de Televisão apresenta o especial *A Farsa da Boa Preguiça*, baseado em sua peça, com direção de Luiz Fernando Carvalho e cenários assinados por seu filho, Manuel Dantas Suassuna.

1996

Escreve *A História do Amor de Romeu e Julieta*, peça em um ato, a partir de um folheto de cordel. Com Antonio Madureira, que liderara o Quinteto Armorial, funda o Quarteto Romançal, ligado à Secretaria de Cultura de Pernambuco. A 26 de setembro, realiza, no Teatro do Parque, no Recife, a "Grande Cantoria Louro do Pajeú", aula-espetáculo em que apresenta repentistas, em comemoração ao cinquentenário da cantoria por ele organizada em 1946, enquanto estudante de Direito. A 14 de novembro, estreia, no Teatro da Universidade Federal de Pernambuco, a peça *A História do Amor Romeu e Julieta*, montagem da Trupe Romançal de Teatro, sob a direção de Romero de Andrade Lima, com cenários de Manuel Dantas Suassuna e figurinos de Luciana Buarque.

1997

A 19 de janeiro, o suplemento "Mais!", da *Folha de S.Paulo*, publica o texto da peça *A História do Amor de Romeu e Julieta*, ilustrado com gravuras de J. Borges. A 15 de junho, um domingo, o *Jornal do Commercio*, do Recife, publica caderno especial em homenagem aos seus 70 anos. A 26 de agosto, é inaugurado, no Recife, o Teatro Arraial, fruto do seu trabalho na Secretaria de Cultura, e cujo nome homenageia o arraial de Canudos. A 20 de novembro, estreia, no Teatro do Parque, do Recife, *A Pedra do Reino*, uma adaptação teatral do seu romance, realizada por Romero de Andrade Lima, que também assina a direção, com cenários de Manuel Dantas Suassuna. A 16 de dezembro, o artista plástico Guilherme da Fonte inaugura, na Academia Pernambucana de Letras, a exposição *Mosaicos Armoriais*, com trabalhos em granito e mármore, realizados a partir dos seus desenhos. O Ministério da Cultura lança o vídeo *Aula-Espetáculo*, com direção e roteiro de Vladimir Carvalho, contendo um registro condensado da aula-espetáculo que apresentou a convite do Ministério, na Universidade de Brasília.

1998

Concebe e escreve o roteiro do espetáculo de dança *A Demanda do Graal Dançado*, que estreia a 19 de março, no Teatro Arraial, com coreografia de Maria Paula Rêgo e direção de arte e cenografia de Manuel Dantas Suassuna. Elabora o roteiro musical para o espetáculo de dança *Pernambuco — do Barroco ao Armorial*, cuja estreia ocorre a 22 de maio, no Teatro Arraial, com direção geral de Marisa Queiroga, coreografias de Heloísa Duque e cenários e figurinos de Manuel Dantas Suassuna. A 9 de setembro, é lançado, no Recife, o CD *A Poesia Viva de Ariano Suassuna*, em que declama seus poemas sob fundo musical de Antonio Madureira. O *Romance d'A Pedra do Reino* é publicado na França, pelas edições Métailié, de Paris, em tradução de Idelette Muzart Fonseca dos Santos (*La Pierre du Royaume*). É editado, em Portugal, pela Aríon Publicações, de Lisboa, o seu ensaio *Olavo Bilac e Fernando Pessoa: uma presença brasileira em* Mensagem*?*, originalmente publicado na revista *Estudos Universitários*, da UFPE, em 1966. A 31 de dezembro, com o fim do governo de Miguel Arraes, deixa a Secretaria de Cultura de Pernambuco.

1999

De 5 a 8 de janeiro, a Rede Globo de Televisão exibe os quatro capítulos da minissérie *O Auto da Compadecida*, adaptação de sua peça realizada por Guel Arraes, Adriana Falcão e João Falcão, com direção de Guel Arraes. A 2 de fevereiro, estreia coluna semanal, às terças-feiras, no jornal *Folha de S.Paulo*, na seção "Opinião". A 19 de março, estreia, no programa *NE-TV: 1ª Edição*, da Rede Globo, o quadro

"O Canto de Ariano", apresentado semanalmente, às sextas-feiras. Ainda em março, estreia coluna mensal na revista *Bravo!*, na seção "Ensaio!". A Editora da UFPE publica uma antologia de seus poemas organizada por Carlos Newton Júnior. O *Auto da Compadecida* é publicado em bretão, na cidade de Brest, França, em tradução de Remi Derrien. A Editora da Unicamp lança o livro *Em Demanda da Poética Popular: Ariano Suassuna e o Movimento Armorial*, de Idelette Muzart Fonseca dos Santos.

2000

A 27 de abril, recebe, em Natal, o título de Doutor Honoris Causa da Universidade Federal do Rio Grande do Norte. Em junho, encerra sua colaboração com a revista *Bravo!*. A 4 de julho, encerra a coluna que vinha escrevendo na *Folha de S.Paulo*, às terças, para estrear a 10 de julho, em novo formato e no mesmo jornal, às segundas, uma outra coluna, que chama de "Almanaque Armorial". É inaugurada, a 25 de agosto, na unidade do SESC de Casa Amarela, no Recife, a exposição *Iluminogravuras*, com exemplares dos dois álbuns lançados na década de 1980. A 15 de setembro, estreia, nos cinemas, *O Auto da Compadecida*, dirigido por Guel Arraes, filme montado a partir da minissérie exibida no ano anterior. Toma posse, a 9 de outubro, na Academia Paraibana de Letras (cadeira nº 35). É lançada, pela Editora A União, de João Pessoa, a plaquete *Ariano Suassuna*, escrita pelo jornalista José Nunes para a série histórica "Paraíba: Nomes do Século". A 6 de dezembro, é lançado, no Recife, no Forte das Cinco Pontas, o número 10 da coleção *Cadernos de Literatura Brasileira*, do Instituto Moreira Salles, dedicado à sua obra. A 26 de dezembro, é exibido, na Rede Globo, o especial *O Santo e a Porca*, baseado em sua peça, com roteiro de Adriana Falcão e direção de Maurício Farias.

2001

A 26 de março, encerra a publicação do "Almanaque Armorial" na *Folha de S.Paulo*. A 31 de outubro, recebe, no Rio, título de Doutor Honoris Causa, concedido pela Universidade Estadual do Rio de Janeiro.

2002

É homenageado no carnaval do Rio de Janeiro pela escola de samba Império Serrano, que desfila na Sapucaí com o enredo *Aclamação e Coroação do Imperador da Pedra do Reino Ariano Suassuna*. A 15 de maio, recebe, em Aracaju, título de Doutor Honoris Causa, concedido pela Universidade Federal de Sergipe. A 16 de junho, por ocasião do seu aniversário de 75 anos, o jornal *A União*, da Paraíba, dedica-lhe um caderno especial, editado pelo jornalista William Costa. A 29 de junho, em João Pessoa, recebe título de Doutor Honoris Causa, concedido pela Universidade Federal da Paraíba. A 10 de agosto, recebe, em Salvador, o Prêmio Nacional Jorge Amado de Literatura e Arte. A Editora Palas Athena, de São Paulo, publica o livro *O Cabreiro Tresmalhado: Ariano Suassuna e a Universalidade da Cultura*, de Maria Aparecida Lopes Nogueira.

2003

Em maio, reescreve a peça *Os Homens de Barro*, cuja primeira versão havia sido concluída em 1949. A 29 de setembro, recebe, em Mossoró, título de Doutor Honoris Causa concedido pela Universidade do Estado do Rio Grande do Norte. A 25 de novembro, na sede da Academia Brasileira de Letras, no Rio, é lançado o documentário em longa-metragem *O Sertãomundo de Suassuna*, do cineasta Douglas Machado.

2005

A Editora Agir lança edição especial do *Auto da Compadecida*, em comemoração aos 50 anos da peça. A edição é ilustrada por Manuel Dantas Suassuna e contém textos críticos de Braulio Tavares, Carlos Newton Júnior e Raimundo Carrero. A 31 de julho, o jornal *O Povo*, de Fortaleza, lança caderno especial sobre a sua obra, editado pela jornalista Eleuda de Carvalho, antecipando as comemorações dos seus 60 anos de vida literária, completados a 7 de outubro. A 25 de agosto, recebe, em Passo Fundo (RS), título de Doutor Honoris Causa, concedido pela Universidade de Passo Fundo. A 25 de novembro, recebe, no Recife, título de Doutor Honoris Causa, concedido pela Universidade Federal Rural de Pernambuco. A Editora 7 Letras, do Rio de Janeiro, lança *Teatro e Comicidades: Estudos sobre Ariano Suassuna e Outros Ensaios*, de vários autores, com organização de Beti Rabetti. O fotógrafo Gustavo Moura lança o livro *Do Reino Encantado*, com fotografias inspiradas no sertão suassuniano.

2006

A 14 de março, ministra aula-espetáculo de abertura do ano acadêmico, na Academia Brasileira de Letras, e participa, logo em seguida, na Galeria Manuel Bandeira, da abertura da exposição *Do Reino Encantado: Iluminogravuras de Ariano Suassuna e fotografias de Gustavo Moura*, sob a curadoria de Alexei Bueno. A 13 de maio, é apresentado o último programa do quadro "O Canto de Ariano". A 25 de maio, recebe, na Câmara Municipal de São Paulo, o título de Cidadão Paulistano. Estreia em São Paulo, a 20 de julho, no Teatro Anchieta, do SESC, o espetáculo *A Pedra do Reino*, adaptação para teatro do *Romance d'A Pedra do Reino* e da *História d'O Rei Degolado*, realizada e dirigida por Antunes Filho. A 21 de agosto, antecipando as comemorações dos seus 80 anos, a Universidade Federal de Pernambuco inaugura o Núcleo Ariano Suassuna de Estudos Brasileiros (NASEB).

2007

A convite do governador Eduardo Campos, assume, a 1º de janeiro, a Secretaria Especial de Cultura de Pernambuco. A 19 de janeiro, comemora, com Zélia, filhos e netos, as suas Bodas de Ouro. A 23 de abril, por ocasião da abertura do 11º Cine PE, no Centro de Convenções de Pernambuco, é exibido o documentário em longa-metragem *O Senhor do Castelo*, do cineasta Marcus Vilar, sobre sua vida e obra. Recebe, em Salvador, na Assembleia Legislativa, a 10 de maio, o título de Cidadão Baiano. Por ocasião do seu 80º aniversário, recebe uma série de homenagens. Em João Pessoa, é homenageado durante o 3º CINEPORT (Festival de Cinema de Países de Língua Portuguesa), de 4 a 13 de maio, com uma exposição de fotografias de Gustavo Moura. No Rio de Janeiro, realiza-se, entre os dias 10 e 17 de junho, sob a coordenação artística da atriz Inez Viana, o projeto Ariano Suassuna 80, promovido pela Sarau Agência de Cultura Brasileira, com apoio da Rede Globo. O projeto é iniciado com uma aula-espetáculo no Theatro Municipal e segue com uma "Semana Armorial", com extensa programação de palestras, mesas-redondas, exposições, apresentações musicais, exibição de filmes etc. De 12 a 16 de junho, a Rede Globo exibe a minissérie *A Pedra do Reino*, em 5 capítulos, adaptação do seu romance realizada por Luiz Fernando Carvalho, Luís Alberto de Abreu e Braulio Tavares, com direção de Luiz Fernando Carvalho. A 14 de junho, é lançado, no município de Floriano, durante uma "Semana de Arte Armorial" promovida pelo Centro Federal de Educação, Ciência e Tecnologia do Piauí, o documentário em média-metragem *Ariano Suassuna: Cabra de Coração e Arte ou O Cavaleiro da Alegre Figura*, do cineasta Claudio Brito. A 12 de julho, a Academia Brasileira de Letras promove uma mesa-redonda em sua homenagem, no Salão Nobre do Petit Trianon, com Moacyr Scliar, José Almino de Alencar e Carlos Newton Júnior, seguida da abertura da exposição *Ariano Suassuna, uma fotobiografia*, na Galeria Manuel Bandeira. De 18 a 30 de setembro, realiza-se, em São Paulo, o projeto Ariano Suassuna 80 anos: o local e o universal, também iniciado com aula-espetáculo do autor e com uma extensa programação de palestras, exposições, mostra de filmes etc. De 29 a 30 de outubro, realiza-se, na Universidade Paris X — Nanterre, França, o Colóquio Ariano Suassuna 80 anos, com conferências e mesas-redondas sobre a sua obra. Ainda no âmbito das comemorações dos seus 80 anos, são lançados três livros sobre a sua vida e a sua obra: *ABC de Ariano Suassuna*, de Braulio Tavares, pela Editora José Olympio; *Ariano Suassuna: Um Perfil Biográfico*, de Adriana Victor e Juliana Lins, pela Editora Jorge Zahar; *Ode a Ariano Suassuna*, organizado por Maria Aparecida Lopes Nogueira, contendo ensaios e depoimentos de vários autores, pela Editora da UFPE. A 25 de setembro, recebe, na Câmara Municipal de Natal, título de Cidadão Natalense. Em dezembro, a Editora Paulistana, de São Paulo, lança *Discurso e Memória em Ariano Suassuna*, com textos de vários autores e organização de Guaraciaba Micheletti.

2008

É homenageado no carnaval de São Paulo pela escola de samba Mancha Verde. A 20 de agosto, é lançado, no Rio de Janeiro, pela Editora José Olympio, o *Almanaque Armorial*, coletânea de seus ensaios organizada por Carlos Newton Júnior.

2009

A 21 de setembro, é lançado, em João Pessoa, o documentário em média-metragem *Ariano: Impressões*, do cineasta Claudio Brito.

2010

A 10 de junho, recebe, em Fortaleza, título de Doutor Honoris Causa, concedido pela Universidade Federal do Ceará. A 24 de agosto, em Maceió, recebe o título de Doutor Honoris Causa, concedido pela Universidade Federal de Alagoas. A 6 de outubro, no Recife, morre seu filho mais velho, Joaquim, aos 53 anos. A 31 de dezembro, deixa a Secretaria Especial de Cultura de Pernambuco.

2011

A Editora José Olympio publica sua peça *Os Homens de Barro*. O artista plástico Alexandre Nóbrega lança o livro *O Decifrador*, ensaio fotográfico realizado a partir das suas viagens para ministrar aulas-espetáculo em diversas cidades do país. A 13 de agosto, na fazenda Carnaúba, em Taperoá, sob a coordenação artística de seu filho, Manuel Dantas Suassuna, dá início à execução da "Ilumiara Jaúna", conjunto escultórico em baixo-relevo que será descrito no *Romance de Dom Pantero no Palco dos Pecadores*.

2013

A 17 de abril, o cineasta Claudio Brito lança mais um documentário sobre a sua obra, o longa-metragem *Ariano: Suassunas*. Começa a apresentar problemas de saúde. A 21 de agosto, é internado, no Hospital Português, no Recife, devido a um infarto. A 4 de setembro, recebe alta do hospital, para continuar tratamento de recuperação em casa.

2014

É homenageado no carnaval do Recife pelo bloco O Galo da Madrugada, comparecendo ao desfile. A 18 de julho, ministra, em Garanhuns, Pernambuco, no âmbito do Festival de Inverno, aquela que seria a sua última aula-espetáculo. A 21 de julho é internado, no Hospital Português do Recife, vítima de acidente vascular cerebral hemorrágico, morrendo a 23 de julho, de parada cardíaca. É sepultado, no dia 24, no cemitério Morada da Paz, em Paulista, município da Região Metropolitana do Recife. Deixa, inédito, entre outras obras, o *Romance de Dom Pantero no Palco dos Pecadores*. É homenageado na 10ª Festa Literária Internacional de Pernambuco (FLIPORTO), que acontece de 13 a 16 de novembro, em Olinda. A 19 de dezembro, O Tribunal de Contas do Estado da Paraíba inaugura, em João Pessoa, o Centro Cultural Ariano Suassuna, edifício projetado pelo arquiteto Expedito Arruda, contendo auditório, salão de exposições, biblioteca etc.

2015

A revista literária *Hoblicua* dedica número especial em sua homenagem. Em setembro, é publicada, pela Vittoria Iguazu Editora, de Livorno, nova edição italiana do *Auto da Compadecida*, com tradução de Riccardo Greco (*La Misericordiosa*). A 4 de outubro, realiza-se em Taperoá, Paraíba, no âmbito do IV Festival Internacional de Folclore e Artes do Cariri, mesa-redonda em comemoração aos 60 anos do *Auto da Compadecida*, com participação do ator Matheus Nachtergaele, do artista plástico Manuel Dantas Suassuna e do escritor Carlos Newton Júnior.

2016

O condomínio de herdeiros de Ariano Suassuna assina contrato para edição de toda a sua obra com a Editora Nova Fronteira, do Rio de Janeiro.

2017

A 16 de junho, no âmbito das comemorações dos 90 anos de seu nascimento, é publicada, pela Editora Nova Fronteira, a 16ª edição do *Romance d'A Pedra do Reino*, a primeira a apresentar o texto em versão definitiva, contendo as últimas alterações que deixou em manuscrito. A 9 de dezembro, com a aula--espetáculo "Dom Pantero e Nós", coordenada por Manuel Dantas Suassuna, com participação de Carlos Newton Júnior, Ricardo Barberena e Ester Suassuna Simões, é lançado, no Recife, pela Nova Fronteira, o *Romance de Dom Pantero no Palco dos Pecadores*, livro ao qual se dedicou por mais de duas décadas e que considerava como uma súmula de todo o seu trabalho de escritor e artista plástico.

2018

A Editora Nova Fronteira lança o seu *Teatro Completo*, em quatro volumes, contendo oito peças inéditas e três peças por ele traduzidas. A Academia Brasileira de Letras lança o volume *Ariano Suassuna*, da "Série Essencial" (nº 93), de autoria de Carlos Newton Júnior.

Direção editorial
Daniele Cajueiro

Editora responsável
Janaína Senna

Produção editorial
Adriana Torres
Thais Entriel

Fixação de texto e cronologia de Ariano Suassuna
Carlos Newton Júnior

Revisão
Carolina Vaz

Direção de arte
Manuel Dantas Suassuna

Capa e projeto gráfico
Ricardo Gouveia de Melo

Diagramação
Filigrana

Este livro foi impresso em 2022
para a Nova Fronteira.